白鳳凰

紫紋 著
茉淅 繪

獻給獨一無二的我們。

Content

目次

序章

事過境遷之後，我時常在想——

如果我不是一個稱職的好姊姊，是不是孟蒔就不會死了？

是不是我們三個人的友誼與親情就不會因此走到盡頭？

*

沒有風。

蠟燭芯上的橘紅色火光彷彿深淵中的一點希望，彷彿……正垂憐著墜入深淵的孟湘。

她朝微弱的燭光伸手，渴望觸及那份微薄的溫暖——

我恨妳，孟湘，我恨妳！

她的手如斷線般頹然垂下，恍惚間，耳邊絕望的哭喊帶著她回到三年前的那一個晚上。

一場意外、兩具冰凍的遺體、失蹤的青梅竹馬，以及……

孟湘打了一個寒顫，血液發冷。她好想吐。

風颳了進來，吹熄祭拜堂內的燭火，也幸運吹散了盤據在她腦中的恐怖畫面。她嘆口氣，起身，發現理應緊閉的拉門被拉開一條縫隙。

冷風再一次由門縫吹進來，她下意識用右手抓住左手腕。

什麼都沒有。

儘管沒有印象，她仍確定自己忘了誰。

一個非常重要的……誰？

第一章

人類，許個願望吧

孟家的長女孟湘，鳳曦村的下一任鳳凰神女維持跪坐姿勢已經有一個小時之久。

當外頭傳來清脆的鐘聲時，她呼出一串又深又長的氣，把壓在屁股底下的兩條腿往前伸，雙手往兩旁舉直，伸了一個大大的懶腰。

終於結束了！

每天早晨六點到七點，她必須獨自來到祭拜堂進行「淨心」儀式，確認體內的鳳凰之火不會受到外界汙染，而現任的鳳凰神女——她的奶奶則在每天早晨的五點到六點進行。

孟湘不止一次想過要和奶奶交換進行儀式的時間，讓她可以不用這麼早起，不過她老人家似乎覺得若不早起就渾身不對勁，因此不願意交換。

拉開祭拜堂的門，一棵鳳凰木映入眼簾，如同枯死一般，枝幹上沒有半片葉子。晨風徐徐撫上孟湘的面頰，帶給她一種難以言喻的安心感。關上拉門前，她偶然瞥見祭祀台上的三根蠟燭，其中一根已經熄滅，頓時三年前的夢魘浮上心頭。

「啪」的一聲，拉門被重重甩上，她像是看見某種妖魔鬼怪般慌忙逃開。

她討厭祭拜堂，在那裡她曾經只能束手無策地看著母親漸漸冰凍至死，矛盾的是，她也喜歡祭拜堂，因為那裡蘊含著許多過往的美好回憶，有關家人的、有關……

「小蒔在十分鐘前已經先出門。」坐在客廳喝茶的奶奶一看到她走進來便說道。

孟湘一頓，接著微笑說：「知道了。」雖然不意外，但她的內心仍覺得難受。

「小湘啊。」奶奶放下茶杯，語重心長說：「告訴小蒔三年前那場意外背後的真相吧，妳不需要獨自揹負。」

「奶奶，年紀大了做家事別太勉強自己，那我出門囉。」孟湘笑笑，揹起拉菲草編織成的提包，拿了桌上奶奶親手做的小麥麵包，轉身就走。

「小湘！」總是輕聲說話的奶奶突然大喊：「妳知道妳這樣讓奶奶很擔心嗎？那不是妳的錯！」

「但我有責任，因為我是孟蒔的姊姊……我已經答應過媽媽了。」孟湘低聲說，努力維持心情上的平靜。話說完，她邁開腳步，頭也不回地走出家門。她總是以為自己已經把情緒藏得很好，然而奶奶每次卻都能一眼識破，她不禁懷疑自己的奶奶是不是會讀心術？

「有點可怕呢……」她自言自語，但心中的那份暖意卻使她不禁彎起唇角。有一個如此關心自己的奶奶，該知足了。

＊

孟湘咀嚼著小麥麵包，平淡卻不乏味的香氣流連於口中。一路上，每個人在望見她的瞬間皆暫且停下手邊的工作，笑容滿面地向她打招呼，只是這些笑容的背後藏著再明顯不過的恨意。

鳳凰神女只能由孟家的長女繼承，是這座村莊——鳳曦村的守護者。

孟家人理應要受到人們的愛戴，然而自從千年前棲息於此地的鳳凰神率領眾鳳凰離去，導致雪怪入侵村莊附近的土地後，人們便認為鳳凰神會拋下他們全是孟家害的，因為孟家人沒有盡到祀奉的義務，惹怒了鳳凰神。

一個家族的過錯，後果卻要由全村人來承擔。不論導致鳳凰離去的真相為何，這個想法早已深植人心，無法抹去。

孟湘同樣堆起假笑回應每一位村民。說實在，這些人也挺可悲，必須仰賴自己憎恨對象的力量才能免於雪怪的威脅，不過孟湘和她的家人也好不到哪裡去，終其一生必須為憎恨自己的人們奉獻力量。

孟湘突然覺得心情很糟，臨時起意轉個彎，走離居住區。兩側的田野邊種滿整排鳳凰木，與孟家庭院內的那棵一樣沒有半點生氣，反觀地上的白色野薑花，生機盎然，陣陣香味撲鼻，有的人不喜歡它們濃郁的香氣，不過孟湘很喜歡，它們不像某些花會濃到發膩。

眼前的景致使她鬱悶的心情逐漸化開，她拍拍自己的臉頰，鼓勵自己打起精神。一切都會好轉的，一定。

鳳曦村不大，整村約莫幾千人，若繞著村子的邊界走，腳程快點大概只需要將近兩個小時就能走完。村子的邊界是由許多又尖又細的木樁構成，但真正具有防止雪怪入侵功能的是在整排木樁內圍不到二十公分寬，卻足足有一公尺深的溝渠。

整條溝渠無時無刻不能熊熊燃燒著，火焰形成一道約莫五十公分高的牆，包圍整座村莊。身為鳳凰神女最重要的一個職責就是每個星期的第一天要為溝渠內注入新的鳳凰之力。截至目前，這項工作還是由孟湘的奶奶來進行。

再過不久就會輪到我了。孟湘心想。

她突然站定不動，望著邊界外的樹林，三年前那場意外發生的地點距離邊界非常近，照理講不該發生的……但就是發生了。孟湘閉上眼睛，轉過身，壓下翻湧而起的恐懼。她告訴自己必須贖罪，為了孟蒔，她需要改變，接著一個想法逐漸在她的腦中成形。她非常肯定，這個想法一定會變成一個完美的計畫，一個對她和孟蒔而言都好的計畫，即便這有可能會因此毀掉自己。

但最關鍵的資訊她還未掌握到。她捏起拳頭，接著擅自違反村子的規定跨過溝渠，身體穿過幾乎要到達腰部的鳳凰之火，村子外的不遠處有一個呆立的人影引起她的注意。

那個人套著破爛的布衣，皮膚呈現不自然的灰白，雜亂的黑髮幾乎觸及肩膀，由於角度的關係孟湘看不見他的臉，因此無從判斷這個人生前的身分。

沒錯，那是一名雪怪，同時也是她恨之入骨的存在。

假如沒有活著的人類在附近，雪怪通常不會有任何動作，就像一尊等著被上發條的機械玩偶，需要一個被賦予生命的契機，而那契機便是——活人的體溫。

木樁的排列非常密集，孟湘找不到空隙可以溜到外面，她撿起腳邊的一顆石子，奮力朝那名雪怪一丟，希望可以引起他的注意。石子撞上樹幹後落到雪怪的腳邊，他依然動也不動。

孟湘墊起腳尖，手握住木樁，瞪著那名雪怪。快點給我過來。她咬住下唇，直到嚐到一絲血味後，才感覺到疼。

看來，她所處的位置在那名雪怪能察覺到的範圍之外，不過她可不會輕言放棄，她已經發過誓，要把所有進入自己視野範圍內的雪怪全部消滅，無論要使用怎樣的手段。

她舉起手臂，將掌心對準雪怪的頭，一股暖意由她的心臟流瀉而出，導向手掌，凝聚成一顆圓形火球，直線射出。這時，雪怪才總算有了反應，僵硬轉身，以不協調的機械動作躲開攻擊，就要逃進樹林。

孟湘勾起笑容，興奮之餘，心臟也因恐懼而鼓譟。她打響手指，大量的火花由指尖冒出，在空中劃出一道道通紅的軌跡，由雪怪的頭頂灑落。

閃耀的星火點燃無處可逃的雪怪，開始在他的身上冒出黑煙和燃起熊熊烈火，當火焰燃盡的剎那，雪怪化作一團細灰，隨風飄往遠方。

「願你安息。」孟湘雙手合十，汗水滑下她的額頭。她深信鳳凰之火會燃盡雪怪受詛咒的軀體，讓亡者的靈魂獲得救贖。

跨回保護著村子的溝渠，一陣暈眩朝她襲來。「還是……太勉強了呢……」孟湘單膝跪倒，以雙手撐地。一般點燃鳳凰之火並不會消耗太多的體力，但若要操控火焰的形狀或者控制火焰移動的方向就必需要耗費施術者龐大的精神力。

這是她的天賦，奶奶曾經這麼說過——自己和孟湘的母親都無法像她一樣如此精準地操控鳳凰之火。只有她自己知道，那才不是什麼自然而成的天賦，而是她花費數不清的時間所習得的能力罷了。

經過短暫的休息，暈眩感從她的腦中消褪，她拍掉膝蓋上的泥土起身。

「咕嚕嚕——」

她反射性一摸肚子。奇怪，明明才剛吃完麵包，肚子並不覺得餓啊。大概是幻聽吧。

「咕嚕、咕嚕嚕。」

……這次她相當肯定不是幻聽，但她也保證自己的肚子沒有發出任何聲響。

「咕嚕、咕嚕、咕嚕嚕！」

孟湘低頭，一隻她從未見過品種的雞正拉長脖子賣命地叫著，也許是從村子外飛進來的野雞，牠的面部是搶眼鮮紅，身體的羽毛多為紅棕色，長長的尾羽摻雜少許黑色條紋。牠似乎知道孟湘已經注意到自己，停止怪異的叫聲，半仰半歪著頭看她。

可愛的小傢伙。孟湘的內心湧起想要觸摸牠柔軟羽毛的衝動。驀然間，她一陣恍惚，好美，鮮豔的紅色總是令她著迷，讓她……

「咕！」

孟湘皺眉，見鬼，這隻雞剛剛是不是對她笑了？

她蹲下，尖尖的雞喙距離她的膝蓋僅僅不到二十公分，然而這隻雞卻絲毫不害怕，先不論牠是不是從村外來的，牠都應該要怕人才對，畢竟誰會親近以自己為食的傢伙。

「咕嚕嚕。」牠又叫了一聲，儘管外表很美，表現出來的模樣卻是呆頭呆腦。

孟湘忍不住笑出來。「你這傢伙的叫聲也太詭異了吧，好痛！」

這隻雞像是聽得懂有人在嘲笑自己，奮力一啄孟湘的腳趾，以她為中心邊跑邊拍翅膀不停繞圈。

「臭雞！」她哼了哼，「要不是我心地善良，早就把你抓回去給奶奶燉成雞湯！」

野雞依舊發瘋似地繞個不停，孟湘懶得再繼續理睬牠，起身。一想到接下來必須面對的人們，她不禁嘆口氣，認命地往原本的目的地——「苑」走去。

在這座村子裡，每一個人十歲生日那天都必須經過「分類」儀式，決定未來的職務，而苑存在的意義就是培育人才，讓人們在未來有能力勝任那份被選定的職務。

當苑的大門出現在孟湘的視野範圍時，早已超過規定的進入時間，門口的守衛見到她並沒有多說什麼，直接走過來開鎖，替她打開拱形的金屬門。

除了被「分類」到的專業課程，基本的常識與體能訓練則是人人必修，連擁有特殊身分的孟湘也不例外。現在正是進行基本常識課程的時間，她走過好幾間教室，過程中不時佇足往每一間教室內探頭。她從來就沒有搞清楚過自己應該要在何時何地上課。

然後，她在一間教室內看到一位與自己長得一模一樣的身影——孟蒔——晚她十秒鐘出生的雙胞胎妹妹，看來她總算找對了教室。

對於她的姍姍來遲，大家早已習以為常，沒有一個人轉頭看她，連站在前方授課的老師也完全沒有看她一眼，彷彿根本沒發現有個人正在教室內走動。

孟湘找了離門口最近的空位坐下，前方的人立刻回過頭，漾起笑容悄聲說：「早安啊。」她的頭髮長度只到肩膀，是個長相斯文可愛的女生。

孟湘報以微笑，不似方才的虛偽笑容，眼前這個人是少數會因為看到她而發自內心感到開心的人。遇見陳桂榆，讓孟湘不再認為自己被生下來是個澈底的錯誤。

她坐下不到十分鐘便到了休息時間，許多人紛紛往她的座位後方聚集，她沒有理會他們，趴在桌上準備要小睡一會。每日早起練習鳳凰之火總讓她困倦不已。

「嘿，孟湘，這隻雞是妳帶來的？」另一位綁著俐落馬尾的女生——林欣走到孟湘旁邊，點了下她的肩膀。

「雞？在哪？我要看。」聞言，陳桂榆好奇起身，也湊了過去。

孟湘正一頭霧水時，一道令人尷尬的聲音響起。「咕嚕嚕。」

「是誰沒吃早餐？肚子叫那麼大聲，哈哈。」有人調侃道。

「那是雞的叫聲啦，第一次聽到，好蠢。」

孟湘轉頭往地上一看，那隻不曉得打哪來的野雞竟然一路跟著她走到苑，她迎上牠那兩顆豆子大小的眼珠，彷彿從中瞥見智慧。

「咕嚕嚕！」野雞伸長頸子奮力一叫，又開始發瘋似地繞著她打轉，這個舉動惹得在場所有人發笑。

見鬼，長得好看有什麼用？根本是一隻神經病的雞。孟湘重新趴回桌上，無視那隻野雞，順帶也無視掉周遭人對她的指指點點。

「孟蒔，妳看那隻雞，超搞笑的。」有人對剛走進來的一個女生說。

孟蒔與孟湘的容貌如出一轍，臉蛋小巧，五官精緻，不過任誰都不會將她們混淆，因為兩人的氣質實在相差太多，孟蒔總是綁著高馬尾，渾身散發出精明幹練的高傲氛圍，反觀孟湘一遇到事情的第一個反應就是逃跑。

孟湘一僵，坐直身體，兩手不安地交握。在底下的野雞依舊像犯了失心瘋繞個不停。

「那有什麼好看的，怎樣的人會吸引怎樣的東西，圍著那隻雞看的你們其實跟牠一樣愚蠢。」孟蒔僅瞥了自己的姊姊一眼，扭頭回到自己的座位。

向孟蒔搭話的那名女生瞬間滿臉通紅，這段話也讓圍觀的人們一哄而散。

「她真討厭，幹嘛每次都要針對妳。」陳桂榆皺眉。

「她只是心情不太好，不要怪她。」孟湘微笑，抱起在地上瘋狂打轉的野雞。

「妳要去哪裡？」林欣說：「快要上課了。」

「這隻雞在這裡會造成大家的困擾，我必須去找牠的主人。」才怪。

孟湘步出教室的瞬間，臉上的笑容再也維持不住，就這麼垮了下來。

＊

大笨雞。孟湘加重雙臂的力道，懷中的野雞立刻發出滑稽的咕嚕叫以示抗議，但她沒理牠。這隻野雞害她像個白痴被人嘲笑也就算了，竟然還被孟蒔看見，一旦她遭到嘲笑，孟蒔鐵定也會受到連累。這絕對不是她所樂見的。

她苦著臉，逐漸慢下腳步，最後停住不動，因為她不曉得自己能去哪裡。雖然常常蓄意遲到，但她從來沒有在進入苑之後臨時決定翹課，翹課……會使一個人變得更差勁吧？她抿抿唇，對自己如此莽撞的行徑感到後悔。

「咕咕嚕！」野雞突然大力振翅，掙脫她的雙臂，直直往前衝。

「喂！等等我！」想都沒想，孟湘跑了起來。

那隻雞跑的速度比想像中還要迅速，孟湘必須盡全力衝刺才能追上，幸好野雞沒多久就停住不動，不然依她的體力很快就會追丟。

苑的高牆聳立在她的面前，野雞振翅一跳，竟躍到牆上，伸長頸子發出宏亮的鳴叫聲，像是在嘲笑上不來的孟湘，接著便轉身從圍牆的另一邊溜走。

孟湘愣愣地站在原地，自己就這麼被一隻雞耍了。她一手貼著眼睛，深吸口氣，心情頓時奇差無比。

花幾分鐘穩定情緒，她放下手，開始環顧這個陌生的地方。儘管苑的面積不大，卻不代表她會熟悉每個角落。在她的左手邊有個荒廢已久的垃圾場，右邊則是一條雜草叢生的小徑，一旁插了禁止進入的告示牌。不管怎麼看，這裡都不是一般人會來的地方，非常適合獨處 原本她還很猶豫要不要回去教室，但想到孟蒔鄙夷的神情，她心一橫，背靠著牆壁坐下，將臉埋進雙臂之間。

只有現在也好，她暫時什麼都不想管。三年前的意外、鳳凰神女的身分、母親臨死前的囑託，全部都不想管了！

「湘……？」

是誰？孟湘猛地抬起頭，長髮被突如其來的強風颳得一陣亂飛，擾亂了視線。剛才明明沒有半點風啊。她站起身，下意識望向右邊雜草叢生的小徑，毫無緣由地，有股強烈的念頭驅使她往那裡去。

可是那個禁止進入的告示牌……

「怕什麼？」風聲之中，孟湘隱隱聽到有個高亢的男音說。

「誰在那裡？」她喊道，不免有些害怕。

但除了風產生的呼嘯聲外，沒有人回答她的問題。她拚命地想抓住所有飛舞的頭髮，也許是錯覺，頭髮彷彿被風賦予了生命，懂得躲避她的雙手，甚至有技巧地遮住她的視野。

當怪風止歇，不受控制的頭髮總算乖乖垂落，她壓著胸口，心臟咚咚地像是要跳出嘴巴。剛剛那個……不是夢吧？

奇妙的是，她突然一點也不害怕，反而感到……興奮？

沒有猶豫，她朝小徑邁出一步。

才走沒幾分鐘，兩旁的雜草就幾乎將小徑淹沒，這裡明顯已經很長一段時間沒有人來過。孟湘撥開高度及腰的雜草，內心不由得七上八下，要是草叢裡藏著蛇該怎麼辦？

幸好，是她多慮了。

小徑最後通到一口大池子，池子的外圍被鐵絲網層層包圍住，上頭布滿密密麻麻的倒鉤刺，從鐵絲的縫隙能清楚看見池子的狀況，多朵紫紅色的睡蓮與綠葉點綴於粼粼水面，在陽光的照耀下，斑斕的池子與發亮的鐵絲網混搭在一塊，給出一種難以言喻的病態感。

鳳凰池真的存在。孟湘摀住嘴，驚覺自己找到一個多麼不得了的發現，她並不曉得其實大家都知道這裡，只是沒人敢涉足此處，因為第一次在苑上課的那一天她遲到了，自然也就錯過老師講述有關鳳凰池的故事。

她只從奶奶的口中聽過傳說——

傳說，千年前棲息於此地的鳳凰神率領眾鳳凰離去，卻有一隻鳳凰被留了下來，那便是白鳳凰——被人喻為不幸與災厄的化身。

據說遠古時代，鳳凰族選定一片樂土作為他們的棲息地，不止和人類和平共處，更庇護著人類，使人類免去諸多災難，其中包括雪怪的侵襲。那片樂土便是現在的鳳曦村。

然而，毀掉這份和平的……卻是神。

一天，天神給了鳳凰族一顆蛋，並囑託要好好照顧，經過鳳凰們的細心照顧，裡頭的小鳳凰終於破殼而出。鳳凰與一般的鳥類不同，他們一出生如火焰般的羽毛便已經長齊，不過這隻新生鳳凰卻令所有的鳳凰訝異不已，他的羽毛確實長齊了，但卻不是火焰般的樣貌，而是如雪般柔軟白皙。

他的出現讓鳳凰族陷入騷動，族長——鳳凰神應大家的要求去詢問天神，得到的答案只有兩句話——「他是鳳凰」、「是你們的一份子」。鳳凰族無法抗命，只能勉為其難繼續照顧白鳳凰。

隨著白鳳凰的年紀愈來愈大，行為也愈來愈調皮，甚至接連使用力量替人類以及鳳凰族招來毀滅性的災難，最後在不得已的情況下，鳳凰們合力將白鳳凰關進一口池子，告訴他：唯有幫助世上的生靈一千次，他才有資格重獲自由。

相傳，白鳳凰至今仍被囚禁於鳳凰池內，因為他倔強的個性不允許自己放下身段去幫助任何生靈，不過他最終還是屈服於自由的誘惑，開始替許許多多的生靈實現願望，只是生靈們的願望總會被刻意扭曲，最後鳳凰池成為禁區，誰都不准靠近。

孟湘隔著鐵絲網繞池子一圈，仍覺得不可置信。

突然，銅鐘的聲音響徹整座村子，她嚇一大跳，顧不得眼前的重大發現，拔腿就跑。

銅鐘所發出的聲音與一般用來報時的鐘聲不同，是更為響亮，敲打的頻率也更為急切，這只代表著一件事，有雪怪入侵村子。

*

鳳凰池上，一抹輕盈的白色身影迴旋跳躍著，帶起一條條水波與圈圈漣漪。

「好久沒這麼開心了，想不到一天之內會有兩個人來看我，比起其他的生靈，人類最棒了，特別是——」

咔！

啪！

咔！啪！咔！啪！咔！啪……

「特別是走投無路的人類。」

白色的身影轉圈化為一陣無形的風，吹向一名正努力鑽過層層鐵絲網的人類。多截斷裂的鐵絲散落一地，一旁還有一把老虎鉗。

當那名人類一踏入被鐵絲網圈住的範圍內，某道男性的聲音便隨風響起，不斷在池子周圍迴蕩。

「人類，許個願吧……」

＊

孟湘飛奔到苑的大門口時，正巧看見守衛將金屬拱門上鎖，大部分的村民已經進到苑裡避難，把門口附近擠得水洩不通。

苑的外圍與村子的邊界同樣有一條不起眼的溝渠，只要將鳳凰之力注入其中，就能形成一個保護圈，因此被當作雪怪入侵村子後的最後一道防線。

二十幾名配戴長劍的男人大聲吆喝，試圖維持現場的秩序，他們是狩獵隊的獵人，平時負責到村外獵取動物，假如有雪怪入侵，他們就必須協助村民避難，以及與鳳凰神女一起對抗雪怪。

全村的獵人約莫三十餘名，既然大部分的人都還在這裡維持秩序，應該就表示這次雪怪的襲擊並不嚴重，不過這對孟湘依然起不了安撫作用，因為奶奶不在這裡。

她擠過躁動不安的人群，臉幾乎貼到金屬拱門上，她暫時沒有聽見任何打鬥的聲響，這是個好現象，即便如此，她仍然不允許自己在這裡坐以待斃，她必須去幫助奶奶，身為守護村子的鳳凰神女，親上火線對付雪怪是她們最重要的任務，因為鳳凰之火是對付雪怪的最佳利器。

「讓我出去！」孟湘跑到一旁的小亭子，對著看起來焦慮不安的守衛大喊。

「除非有狩獵隊的其他人捎來消息確定外頭安全無虞，不然誰也不准進出。」守衛強硬道，眼睛不停瞄向門外。

「但我必需要去幫助奶奶！」

「規定就是規定。」守衛厲聲說：「假如村子不幸淪陷，妳有責任要點燃苑外圍的溝渠。」

「說不定多了我的幫助，就能更快擊退雪怪。」她仍不肯死心。

「待在這裡，沒有例外，就算是『妳』也一樣。」

聽見他們對話的村民開始附和守衛，連狩獵隊的獵人也來幫忙勸退孟湘。孟湘咬緊牙關，憤怒地退到人群後方，她非常確定他們不讓她離開的最大原因是出自於自私，他們怕她的離去會增加自己的死亡風險。

「孟湘！」陳桂榆朝她跑來，氣喘吁吁地說：「妳跑去哪裡？老師很生氣妳上課時間亂跑。」

平時不管遲到再久都不聞不問的老師，今天翹一下課卻大發雷霆？又一個貪生怕死的傢伙。孟湘不禁冷笑，卻也覺得可悲，只有在危急時刻大家才會搶著要待在她的身邊。

她望著眼前可以稱得上是朋友的女性。妳也是嗎？因為怕死才特地來找我？不過在她把這些話問出口之前，對方已先開口：「孟湘……妳怎麼了？不回去？」

孟湘搖頭。「妳回去吧，我要想辦法出去幫助我的奶奶。」

「我知道了。」她突然抱住孟湘，然後放開。「我會跟老師說我找不到妳，記得小心點。」

孟湘怔住，看著自己的朋友轉身跑開，她一直以為陳桂榆會跟其他人一樣希望自己留下，然而她卻選擇尊重她的決定。孟湘難得地彎起唇角，也許……就只是也許，這名朋友值得她付出多一點的信任。

她快速繞著苑的石砌高牆，希望能找到一個缺口溜到外面，就在繞完第五圈後，她停下腳步，內心滿是絕望。

奶奶不知道怎麼樣了？和她一起對抗雪怪的人不曉得有沒有傷亡？入侵村子的雪怪數量究竟有

多少？明明不是她的問題，她仍然對此刻幫不上忙的自己痛深惡絕。

「妳看起來需要幫忙。」一個聲音在她的背後響起，著實嚇她一跳。

她迅速轉身，發現來者穿著一塵不染的白色袍服，他擁有一頭顯眼的白色長髮，稜角分明的俊美臉龐，此時嘴角正噙著一抹放蕩不羈的笑。孟湘相當確定自己不曾見過眼前的青年，可是為什麼他的聲音聽起來如此熟悉？

「我知道妳需要，妳的願望是離開這裡。」那名青年把手伸向孟湘。「說吧，說妳想要離開這裡，我可以幫妳。」

「我不需——」

孟湘不明就裡地看著伸向自己的手，打量起這名不知打哪來的陌生人，她無法信任他，更害怕對方會以這個人情作為往後的要脅，正當她打算搖頭拒絕之際，一陣恍惚感襲向她的腦袋，她聽見自己的聲音擅自說道：「我想要離開這裡，請你幫我。」

邪魅的笑容立刻從青年的唇角向外蔓延。「我會幫助妳實現願望，只要一滴眼淚作為報酬，別忘記了。」他將朝上的掌心對準孟湘，一股強大的氣流襲向她，令她的身體騰空、越過高牆，安穩地落在苑外頭的土地上。

她用雙手摀住嘴，勉強止住湧到嘴邊的尖叫，方才的恍惚感已然消失，她愣愣地看著少說有四米高的石牆，剛才那陣風是怎麼一回事？不過她自己就有操控火的能力，有人能操控風似乎也不是什麼需要大驚小怪的事情。

一聲慘叫拉回孟湘陷入震驚的思緒。奶奶！她以最快速度朝聲音的來源處奔馳。拜託一定要沒事。她已經失去了父母，不能再失去奶奶，她不能讓孟蒔變成孤兒。絕對不能。

當孟湘在水田旁的邊界處找到奶奶的身影時，並沒有看見任何雪怪的蹤影，奶奶的旁邊站著三個狩獵隊的獵人。

她趕緊飛奔過去，捏緊拳頭隨時能召喚出體內的鳳凰之火。

急促的腳步聲讓獵人們警戒地轉頭，立刻包圍住孟湘的奶奶，抽出劍，打算替她擋下任何可能的危險。

「是妳，妳應該待在苑保護大家。」其中一名理著平頭，臉型方正的男子瞇起僅存的一隻眼睛，以不讚許的眼神打量孟湘。他是掌管所有狩獵隊伍的大隊長，幾乎能稱得上是村子裡最具權威的人。

此刻，除了自己的奶奶，任何人都入不了孟湘的眼，在她衝過大隊長身邊的瞬間，大隊長一把抓住她的衣領，喝斥：「別來鬧事！」

孟湘焦急地想要解釋自己是來幫忙，不是來鬧事的，一注意到奶奶正跪在地上專注替某個人療傷，便噤聲。如果她現在打擾到奶奶，那她就真的如大隊長所說，只是來鬧事而已。

看到奶奶平安無事，她放下懸著的心，喘著氣安靜地觀摩奶奶替傷患療傷的過程。雪怪造成的傷雖然不會立即致命，但若放任不管，受傷的人就會遭到寒氣的侵蝕，最終失去理智成為雪怪。

這名傷患很幸運，只受到最輕微的凍傷，皮膚有點紅腫，倘若皮膚開始呈現紫色，又不快點用鳳凰之火治療，那麼……就只剩砍頭這個方法能阻止傷患成為雪怪。

傷患被一條布遮去面容，激起了她的好奇心，看裝扮並不是獵人，也許是來不及逃走的村民。

晚點再問奶奶。她心想。待自己從氣喘吁吁的狀態恢復，她小心翼翼地問狩獵隊的人。「你們應該沒有受到凍傷吧？」

大隊長看孟湘的眼神像是看到笨蛋。「有的話，我們還會這麼冷靜嗎？這裡沒有妳能做的事，如果想要幫忙，就回去苑告訴大家雪怪已經逃走了。」

「逃走？」活了十幾年，孟湘從沒聽說過雪怪會逃走，雪怪只會毫無節制奪取人類的體溫，直到他們再也感受不到任何活人的存在為止。

大概是發覺自己不小心說溜嘴，大隊長狠瞪孟湘，像是在責怪她問這麼多話要做什麼。

「告訴她吧，老大。她遲早都需要知道。」一名年紀較輕的獵人說，第三個人也附和道。

大隊長輪流瞪自己的隊員一眼，接著轉向孟湘。「接下來我要說的事暫時不准告訴其他人。」

孟湘頷首。

他又遲疑一會，才開口：「妳應該很清楚鳳凰之火能燒死雪怪、能像一般的火焰燒毀東西，卻無法傷害人類。昨天孟綾女士才剛替溝渠重新注入新的鳳凰之力，照理講雪怪根本不可能逮到任何空隙跨過。今天早上一接獲有人看到疑似雪怪的蹤影，我們就立刻帶著她前來查看，結果……」他似乎不怎麼相信自己接下來要說的話，伸手抓了抓他那短到不能再短的頭髮。

「結果什麼？」孟湘催促。

「我們發現木樁被破壞，四名雪怪把一名人類推到溝渠上方充當橋梁，他們似乎知道人體對鳳凰之火有絕緣的效果，踏著那名人類的身體進入村子。幸虧孟綾女士及時用火焰把第一名踏入村子的雪怪燒死，剩下的三名雪怪在見到鳳凰之火後就逃跑了。」

「雪怪不會思考——」

「我們和孟綾女士都親眼看見。」大隊長打斷孟湘，顯然很不高興自己的話遭到質疑。「我們一直認為不可能的事確實就在不久前發生，在向所有村民宣布之前，我們需要在孟綾女士的協助下對雪怪做更深入的調查。」

孟湘把視線停留在地上的那名傷患身上，他皮膚上的凍傷已經消腫，剩下的潮紅只要多休息幾天就會褪去。

奶奶熄滅手中的鳳凰之火，抹去額頭上的汗水，並對親愛的孫女露出笑容，然而布滿皺紋的臉龐卻藏不住滿滿的疲憊。「小湘，妳先替村裡的人帶回已經擊退雪怪的消息，等等奶奶我還要和獵人們討論一些事情。」

「奶奶，妳的年紀大了，應該多休息。」孟湘不滿抗議，可以的話，她很希望奶奶不要再為了村子如此賣命，無奈不爭氣的她現在還無法勝任鳳凰神女的位置。

「會的，等等討論完事情之後就回去休息。」奶奶緩慢起身，孟湘見狀趕緊過去攙扶。

「對了，地上這個人是誰啊？為什麼會落到雪怪的手裡？」

「只是一個擅自跑到村外的傻小子，至於為什麼要這麼做，我們得等他清醒再做詢問。好了，快點回到苑，別讓大家等太久。」

奶奶很快回答了問題，孟湘察覺到異狀，直覺告訴她——奶奶並沒有說實話，畢竟誰會擅自跑到外面？除非這個人不想活了。

「快點回去，別在這裡礙手礙腳。」大隊長一副巴不得她快點滾開的樣子。另外兩個人的表情則不太自然，彷彿亟欲掩飾些什麼。

地上的這個人肯定藏有見不得人的祕密。

孟湘點點頭，順從地就要離開，在踏出第三步的瞬間，她迅速轉身，衝到那名傷患的身邊，掀開蓋在他臉上的布條。

奶奶發出一聲驚呼，大隊長抓住孟湘拿著布條的那隻手，怒氣沖沖地說：「妳到底在幹什麼！」

孟湘瞠大雙眼注視著那張潮紅甚至有點腫脹的臉，內心震驚得無法反應，她想移開視線，可是恐懼麻痺了她的身體，令她難以如願。她絕對不可能會認錯，眼前這名傷患是三年前那場意外的其中一名受難者，同時也是她的青梅竹馬——宇潁，一名理應死亡，或者成為雪怪的人，如今卻在三年後奇蹟似地保持著人類的身分回到村莊。

「宇潁……」孟湘呢喃，一滴淚水滾落她的臉頰。三年前這名青梅竹馬被雪怪抓走時的絕望哭喊時不時會出現在她的夢中，將她驚醒。

「孟綾女士，我先將妳的孫女送回苑，這兩個人會協助妳把傷患搬去祭拜堂，我們晚點見。」說完，大隊長不顧孟湘的意願，強拉著她走。

「太好了……還活著……」她摀臉痛哭，為能再見到思念的人而感到喜悅，也為自己能少背負一條性命而慶幸不已。

第二章

沒有最慘，只有更慘

隔天，在奶奶進行淨心儀式之前，大隊長偕同兩名獵人將宇潁送回他的家人身邊。

孟湘站在自家門口前，懷著複雜的心情目送青梅竹馬被帶走，她感覺後腦的某處正在抽痛，每一次的失眠都一定會伴隨這種狀況的發生，昨晚的她完全控制不住自己的思緒，想破頭也不明白宇潁怎麼有辦法在到處都是雪怪的樹林裡平安生存下來，況且一閉眼腦中就會浮現三年前那場意外的恐怖畫面，嚇得她根本不敢再闔眼。

「失眠了？」奶奶過來摟住孟湘的肩膀。「再去睡會吧，奶奶淨心儀式結束後會去叫妳。」

她搖頭。「宇潁明明還沒醒來，為什麼這麼快就要送他回家？」有奶奶的照顧，待在這裡對宇潁絕對有益無害，而且還有另外一件事令她擔心，要是村裡的人不能接受宇潁怎麼辦？一旦知曉宇潁曾經被雪怪利用過，天曉得人們會對他產生怎樣的成見？

「這是他父母所要求的，我們必須尊重他們的意思。」

「可是獵人們不是有很多事情要問他？現在就讓他回家，肯定沒多久大家都會知道他獨自在外面生活了三年，雪怪的事也會瞞不住。」

「我們沒有權利對宇潁的父母隱藏找到他的消息。」奶奶輕拍孫女的肩膀，柔聲說：「小湘啊，等妳當了母親就會明白孩子有多麼寶貝，對於做母親的，不論時間過得再久，喪子之痛也許會逐漸消褪，但永遠不可能平復。既然他們的孩子還活著，我當然希望他們能盡早知曉，盡早走出傷痛。」

孟湘望著奶奶歷經滄桑的面容，內心隱隱作痛，因為奶奶的孩子不像宇穎有機會活著回來，因為屍體永遠不可能死而復生。

「對不起。」孟湘垂下頭。「都是我，爸爸和媽媽才會……」

「那不是妳的錯，別想了，去睡會吧。小聲點，千萬別吵醒小蒔，宇穎的事先別告訴她，晚點奶奶會親自跟她說。」

孟湘點頭應了聲「好」，瞥一眼漸漸泛白的天空，轉身進入屋子。

*

前往苑的途中，孟湘第一次走得如此膽戰心驚。一如往常，她頂著缺乏真心的笑容與村民們打招呼，唯一不同的是，她正恐懼著某個人會向她問起宇穎，又或者聽見有人在談論關於他的事情。

一直到抵達苑的大門，她才暫時緩下緊張的心情，看來宇穎的父母打算暫時隱藏自己兒子歸來的消息，也許他們跟孟湘一樣，害怕村民會用異樣的眼光看待自己的孩子。

待在小亭子的守衛難得用不可思議的眼神多看孟湘幾眼，她對他扯了扯有些發僵的唇角並通過尚未關閉的大門，開始尋找自己待會要上課的教室。

「孟湘？」陳桂榆的聲音從反方向響起。

孟湘轉身，看見朋友正朝自己小跑步過來。

「真的是妳！剛剛我還以為自己認錯人，不過我們的教室在那邊，妳怎麼往這邊走？」

「記錯教室而已。」她隨口說，假如說出實話，鐵定又會被碎唸。

陳桂榆突然將臉湊近，孟湘不自在地後退。「怎麼了？」

「我才想問妳怎麼了？昨晚沒睡好？」

「嗯，昨天雪怪入侵的事情讓我很煩惱。」孟湘說出一部分的事實，她現在完全不想談論這些事，因此沒再多做解釋就往剛才陳桂榆所指的方向走去。

「難怪，我就在想妳怎麼可能會準時到苑。對了，如果妳有什麼煩惱可以跟我說哦，我知道當鳳凰神女很辛苦，雖然我可能幫不上忙，但至少說出來會輕鬆一點。」

她直視前方繼續走，沒有把陳桂榆說的話放在心上，她不是故意要質疑朋友的好意。只是誰能保證朋友不會變卦？

她們之所以會從陌生人成為朋友，不過是孟湘湊巧從雪怪的手中救了陳桂榆一命罷了。當時，陳桂榆的母親包庇受到嚴重凍傷的父親，這個愚昧但情有可原的舉動卻也導致陳桂榆的家庭破滅。說真的，孟湘並不認為那次偶然的救命之恩能與友誼劃上等號，不然為什麼她的奶奶救了村裡的人那麼多次，卻沒有人願意真誠相待？甚至視他們孟家為罪人？

教室的門口聚集了不少人，孟湘尚未走近，就能清楚聽見嘲諷的話語以及不懷好意的笑聲。

「妳是有多喜歡畫畫啊，整天淨畫些沒用的東西。」

「畫得再漂亮有什麼用？人還不是長得一樣醜。」

孟湘對這種場景並不陌生，在年紀還小的時候，由於鳳凰神女繼任者的特殊身分，同齡的孩子總愛欺負她，幸虧隨年紀增長，那些愛欺負她的人了解到自己必須仰賴孟湘家的保護，才收斂起原先那種明目張膽的霸凌行為。
「是許渺曉。」走在旁邊的陳桂榆壓低音量說：「昨天她在畫圖的時候，把筆墨噴到一名女生的衣服上，雖然是無心的，但她不僅沒有道歉，還罵那名女生活該，依她那時的行為來看，現在會被欺負也是活該吧。」
和許渺曉起爭執的長髮女生奪走她手中的畫，還順勢推了她一把，接在紙張撕碎聲之後的是尖銳的咆哮。在要進入教室的時候，孟湘看見摔在地上的許渺曉突然起身，朝撕毀自己畫作的長髮女生揮拳，不過拳頭在碰到對方的臉之前就被前來授課的老師制止。圍觀者怕受到牽連，急忙回到教室，撕毀畫作的女生丟下手裡的碎紙片，也憤憤然離開。
「打人是不對的行為，還有趕快收拾一下，要上課了。」老師沒有要介入學生紛爭的意思，只說了這些話便踏進教室，步上講台。
「孟湘，不進教室？」陳桂榆扯了一下她的衣袖。
孟湘面無表情地注視許渺曉獨自蹲在地上撿拾圖畫的碎片。「妳先進去吧，順便幫我留一個位子，謝了。」
陳桂榆的表情猶豫不決，幾秒鐘後卻還是決定照孟湘說的先進教室。
孟湘彎下腰撿起一張飛比較遠的破碎畫紙，即使只有那幅畫的一部分，仍可見宣紙上精細流暢的筆墨線條勾勒出半張令人驚嘆的美麗臉龐。這幅畫，耗費了繪畫者的諸多心力。看見它遭到惡意撕毀，她感到惋惜。
「妳畫得很漂亮。」她把撿到的那一部分遞還。
許渺曉一怔，明顯一大一小的眼睛流露出驚訝，然而孟湘此刻受到的驚訝也不比對方少，她從來沒有正眼看過許渺曉的臉——又圓又大且因長滿青春痘而坑坑疤疤，要說有多醜就有多醜。

霎時，她明白常常遭人恥笑的痘疤女指的就是眼前這個人。

許渺曉沒有道謝，回過神的第一個反應是搶回她手中的畫紙，並凶狠地說：「少在那邊自以為高尚，滾！我才不需要妳那廉價的憐憫。」

孟湘沒料到她的反應會蘊含強烈的敵意，下意識替自己辯駁：「沒有，我只是——」

她揮手打斷孟湘的辯駁，嗓音尖細。「沒有？妳確定自己看到我的時候沒有『她好可憐，我幫一下她好了』的念頭？我跟妳不一樣，不要抱持那種同病相憐的想法接近我！我才不會像個膽小鬼遭到欺負就夾著尾巴落荒而逃！」

孟湘站在原地無法動彈，許渺曉的話刺痛她的內心，可悲的是她竟然無可反駁。如對方所言，她的確是一個畏首畏尾的膽小鬼，每每受到欺負時，除了逃避以外她根本無計可施。

*

「這堂課就上到這裡，接下來的時間大家各自到自己上專業課程的地點集合。」老師看著學生們紛紛離開，接著留意到一個仍坐在窗邊發呆的身影，他提高音量：「孟湘，妳過來一下。」

然而孟湘的心思早已不在這間教室。許渺曉的話如利刃在她的心頭上劃出一道傷口，令她難以忽視。雖然許渺曉的反應有點偏激，說的卻是事實，明明討厭受人憐憫的心情是一樣的，當時的自己為什麼還……孟湘嘆口氣，早知道就不要多管閒事。

除此之外，還有另外一件事也讓她鬱悶不已，她一直以為自己已經能欣然接受膽小鬼這個身分，結果一從許渺曉口中聽到這三個字，她竟難受到不知如何是好。她也知道自己每次遭到欺負就逃避並不是個好做法，但為了孟蒔她必須如此，因為……她是姊姊，不被允許惹事生非，她不能讓亡故的母親失望。

「孟湘，老師在叫妳，孟湘！」

感覺到有人大力推了一下自己的肩膀，孟湘才緩緩回過頭，對著不曉得已經喚自己多少聲的陳桂榆說：「什麼事？」

陳桂榆皺著眉，指著前方，悄聲道：「老師叫妳。」

這時，除了注意到周遭的座位幾乎都沒有人外，她也發現老師正頂著一張近乎發火的表情瞅著自己。她連忙快步走到老師面前。

「妳剛剛根本沒在聽課，對吧？」

面對質問，孟湘沒吭聲，選擇默認。

「不是我愛說妳，但妳到底有沒有身為鳳凰神女的自覺，也許妳會認為歷史很無趣又無用，但對於村子來說，歷史是經歷、教訓，更是借鑑。這對擔負守護村子重責大任的妳來說是必須熟知的資訊，才能在往後做出最正確的決定。」

孟湘垂著頭，盯著地板。「抱歉，我回去會好好學——」

「如果妳是孟蒔我還能相信，有時候真想不懂明明是雙胞胎，為什麼妳們兩個的腦袋會差那麼多？」老師煩躁地揮揮手，話還沒說完就先做出趕人的動作。「剛才妳的奶奶請人來告訴我，她今天臨時有事不能來指導妳，要妳暫時先和狩獵隊的人一起鍛鍊體能。」

「知道了。」一直到離開老師的視線範圍後，孟湘才抬起頭。

奶奶臨時不能來的消息讓她感到失望，不過此時佔據腦中的情緒卻有更多是喜悅。奶奶不能來，就表示宇潁有很大的機率已經清醒。她開始在心中盤算，最後決定今天回家的時候偷偷繞去宇潁家看看，然後再把這個好消息告訴目前還一無所知的孟蒔，她一定會很高興的。

孟湘雀躍地走著，突然間她頓住腳，發現一個嚴重的問題，她不知道現在自己該往哪裡去，連自己的上課地點常常都搞不清楚了，更何況是狩獵隊的訓練地點。

乾脆別去算了。孟湘評估著去與不去之間的利弊，猛然記起孟蒔也在狩獵隊裡接受訓練。有一個聰明絕頂以及體能優於絕大多數男性的天才妹妹，真不曉得該喜還是該悲呢。還是別去吧，去了也只會拖累孟蒔而已。

她看了看四周，有一群學生正聚集在不遠處，聽著帶頭的專任老師講解要學習的知識，他們每個人的手裡都至少握有一種工具，像是鏟子、鋤頭、瓢子……等等。十歲時「分類」儀式選定了這群人的命運，他們這輩子註定要成為務農的人。

「咕嚕嚕。」

孟湘反射一摸肚子，等等，她總覺得這個情況有點熟悉？低頭一看，那隻昨天害她不淺的神經病野雞正伸長脖子鳴叫。

又是這隻笨雞。她儘量放輕動作蹲下，野雞歪頭，像是沒有注意到自己即將大禍臨頭。「抓住你了！」她出其不意向前撲，結果野雞卻快一步，振翅躍起落在她的頭頂，一邊用力啄她的頭一邊「咕嚕」地叫不停。

費了好大一番功夫，孟湘才終於把野雞從自己的頭上趕下去，她摸摸頭皮，慶幸頭頂沒有因此禿一塊。

「咕嚕、咕咕嚕。」野雞邊叫邊振翅，宏亮的叫聲聽在孟湘的耳裡宛如嘲笑。

「臭雞，我今天絕對不會放過你！」

「咕嚕！」這一聲叫得比剛才的任何一聲都還要響亮，像是在宣告一人一雞的追逐正式開始。

跑沒幾分鐘，孟湘就喘得上氣不接下氣，只能眼睜睜看著把自己耍得團團轉的野雞愈跑愈遠。假如是孟蒔的話，鐵定三兩下就能把這隻雞抓起來，可惜她不是天才孟蒔，只是個廢材孟湘。她果斷放棄要對野雞的復仇，安慰自己被欺負又不是一天兩天的事，不必太難過。

注意到後方的人沒有追上，野雞停了下來，回頭望著孟湘，這個舉動彷彿是在等待她來追自己。發覺這一點，孟湘一屁股坐到地上，自言自語：「要我繼續追你？想都別想，我可沒有力氣陪你跑來跑去。」

野雞飛奔到孟湘面前，挑釁地又叫了幾聲，見她沒有反應，便用力啄她的腳趾。

「靠，很痛耶！」她大叫，起身作勢要揍這隻得寸進尺的野雞。

見狀，野雞再度向前衝刺。

「莫名其妙，我到底是哪裡招惹到你啊？」她沒有像第一次那樣怒氣沖沖地追上去，而是低頭查看自己的腳趾，被啄到的位置沒流血，不過瘀青大概免不了了。

當她轉身準備去找個能歇息的地方時，野雞竟然又回來了，與方才不同的是，牠似乎了解到用暴力是無法讓孟湘跟著自己走，因此僅繞著她打轉，鳴叫聲也不似方才那樣具挑釁意味，反而多了層慌亂。

「你究竟想幹什麼？要找人玩的話別來找我。」

「咕咕！」野雞忽然停下，咬住孟湘寬鬆的棉布褲管，就要拖著她走。

看來要是不跟著這隻雞走，自己是無法得到片刻安寧。理解這點後，她嘆口氣，朝野雞要她前進的方向走，期間野雞似乎還嫌她走得太慢，又啄了她的腳趾幾口催促。

「絕對要讓奶奶把你燉成雞湯。」她咕噥。

野雞帶她闖進不久前看見的那群學生中，他們正在替一片特地以圍欄劃分出的園地鬆土，為待會的種植任務做準備。有人發現孟湘擅自闖入，立刻通知在附近監督的植栽老師。

「孟湘，誰准妳擅闖這裡！給我過來！」

孟湘把視線從野雞身上移開，就見老師臭著臉朝自己大步走來，她馬上決定不管野雞帶她來這裡的目的是什麼，都要先跑再說。移回視線，她不禁一愣，那隻野雞不知道又跑去哪裡消失了。接著，她在心裡大罵自己是白痴，被耍過一次還不夠，竟然被連耍兩次，要是那隻野雞還敢出現在她的面前，她絕對會用鳳凰之火直接將牠烤來吃。

「為什麼翹課？妳的奶奶呢？」植栽老師走到孟湘面前劈頭就問，學生們大多抱持著看好戲的心態圍在一旁。

人們都讚賞誠實是美德，可是孟湘清楚知道一旦說出自己會出現在這裡的原因是一隻雞，鐵定不止會被當成騙子，還會被當作是神經病看待。她愈想愈氣，氣到腦袋有點恍惚，沒有注意到自己正用凌厲的目光瞪著老師，更沒有注意到老師忽然轉為驚訝的神情。

突然，一陣狂風颳起，彷彿正回應著孟湘內心的那股憤怒，將周遭插在土裡的圍欄全數拔起，圍欄像是被吸入一個看不見的漩渦，在晴朗的天空高速旋轉，其他的農具——鋤頭、鏟子也被捲入空中。

如此奇觀帶起接連的驚呼聲，孟湘擺脫恍惚感回過神，一眼就看見曾經和許渺曉起爭執的那個長髮女生，她跟大多數人的反應一樣，一臉震驚地仰著頭。

孟湘單手抓起自己亂飛的頭髮，隨大家的視線看向天空，陷入氣流漩渦中的圍欄和農具突然停滯不動，僅僅是飄浮著。下一秒，那些被風颳上天的物體失去飄浮的力量紛紛下墜，而且下墜的地點通通集中於某處。

死定了。當下看著朝自己砸來的物體，孟湘的腦中只有這個念頭，在尖叫聲四起的瞬間，她絕望閉上眼睛，等待死亡的來臨。

撞擊聲響起的剎那，孟湘能感受到衝力襲上她，以及揚起的沙土拍在皮膚表面，然而，她並沒有如預期體會到爆炸般的痛楚。她困惑睜眼，飄揚的沙土令周遭朦朧一片，儘管如此，她依然看出那些被颳起的圍欄和農具砸在一個女生身上——那個前一刻還站在她面前的長髮女生。竄上背脊的恐懼讓孟湘不由得往後退一步。

接著，再度起風，與剛才狂暴的龍捲風不同，這陣風只吹散瀰漫在空氣中的沙土。一具屍體映入孟湘的眼簾，但她只看見長髮女生的一條手臂，身體其餘的部分全被埋在圍欄和農具底下，腥紅的液體流到她的腳邊。

恍惚感再度回到她的腦中，沒來由地，她覺得地上那灘液體的顏色好美，美到令她心跳加速。

不……不不，她應該要感到噁心、恐懼才對。她用殘存不多的理智逼自己甩頭，試圖甩掉那股連自己都不明白的恍惚感。

她做出和其他人相似的舉動，尖叫並且後退，直到撞上一堵柔軟的牆，有人的雙手抓住她的肩膀。她回過頭，對上一雙明亮的黑色眼瞳。

孟湘馬上認出這個人就是昨天用風把她吹上四米高牆壁的青年，她的餘光再次瞥見地上的屍體，懼意掐住她的理智。這名青年殺了人。

好可怕、好可怕……本能不斷告訴她要快點逃，可是身體卻不聽使喚。

「大家立刻離開這裡！到早上上課的教室集合，不准亂跑！」植栽老師鐵青著臉，大聲驅趕在場的所有學生，並協助少數幾位因為過於恐懼而軟腳無法行走的人離開。

「孟湘，妳還杵在這裡做什麼？快點離開！」

看見老師朝自己走來，孟湘彷彿見到希望，但下一刻老師忽然停住不動，眼神變得呆滯，接著像是受到某種東西的指引，轉身離去。

不、不要，不要走！眼睜睜看著老師與所有學生消失在自己眼前，孟湘絕望發抖。整片園地只剩下她和殺人兇手，以及一具慘不忍睹的屍體。

「妳能不能別再抖啦？我又不會殺了妳，怕什麼？」青年鬆開抓住她肩膀的手。「我只是來取妳答應要給我的東西而已。」

孟湘急著想逃，卻因為腳底濕滑的血液而摔倒。

「真受不了妳笨手笨腳的樣子。」青年皺眉，拉住她的手腕，協助她起身，只是當他一鬆手，她又跌了回去。「妳的腳受傷了？」青年擅自動手拉起她的褲管，開始檢查她的傷勢。

「放、放放開我！」

青年的手指碰到自己小腿的瞬間，孟湘總算找回自己的聲音，放聲尖叫，同時也找回失去的力氣，胡亂踢腳、揮拳，不讓青年有機會再次觸碰到自己。

「呿，還以為妳受傷，看來還挺精神的嘛。」青年稍微退後，避開拳頭，他抓準時機，橫著將孟湘抱起，手環過她的背部及大腿。「我可沒時間在這裡陪妳瞎耗，催眠的效果持續不了太久，那個老師很快就會帶人回來這裡。」

孟湘的腦袋陷入一片空白，此刻是她這輩子第一次如此貼近一名男性，一名……殺人兇手。他的體溫、他的氣味有一種莫名的熟悉感，甚至令她覺得……安心？她應該要害怕他的，如同她應該要對血液感覺到噁心，可是——

「放開我！放開我！」她再次尖叫，開始發抖。她當然怕他，而且怕得要死，沒錯，她是正常的，恐懼著殺人兇手的她是正常的。孟湘沒有發現，這個念頭消除了自己內心的恐慌。

青年的體格偏於纖細，不過要應付孟湘這種瘦弱的女生，他的力氣仍綽綽有餘。「如果妳能保證不會逃跑，我就放妳下去。」

保證？她能怎麼保證？

「話先說在前頭，我不相信口頭上的保證。」青年說出這段話的語氣平淡，但眼神洩露出他的不開心。

孟湘打了一個哆嗦，只能任由自己被抱著走。她留意到青年似乎很熟悉苑的環境，專門挑一些她從沒走過的小路，這一路，他們誰也沒遇到。

「你……為、為什麼要抓我？」終於，她鼓起勇氣問，結巴讓她不禁漲紅臉。

青年瞥她一眼，她嚇一跳，縮了縮肩膀。「妳不會連要給我一滴眼淚當作報酬的事情也忘了吧？」

也？孟湘不解，難道自己還有忘記別的事情？「對不起……」她小聲道歉，就怕對方一不開心把自己殺了。

「無所謂。」

「只要給你一滴眼淚，你就會放過我？」她小心翼翼地說。

青年沒回應，他停在一面高聳的牆壁前。孟湘認得這裡，她往自己的右手邊一看，果真見到一個禁止進入的告示牌，一條小徑被茂盛的雜草掩蓋，鳳凰池就在這條小徑的盡頭。

難不成，這個人是……比起恐懼，現在的她更為驚訝。傳說竟然是真的！

她感覺到自己逐漸加快的心跳。「你……到底是誰？」

「妳不是猜到了？」

「白鳳凰。」她的嘴唇顫抖。他是不幸與災厄的化身。

彷彿預料到孟湘打算逃跑，青年抓住她的手腕，拖著她到鳳凰池邊。原本無懈可擊的鐵絲網被人剪出一個不算太大，卻也不小的洞。

「把眼淚滴到池子裡。」青年命令。

孟湘用力吞嚥，逼自己說：「你說過你不會殺我，對不對？」

「我說過，就會做到。」

「給了你眼淚，你就會放過我？」

「當然不會。」青年的雙瞳儼如一池深不見底的黑潭，能將她靈魂吞噬。「鳳凰神女，不就是為了侍奉鳳凰而誕生的？」他拉起孟湘的手，突如其來的強大力道讓她吃痛地叫了一聲。

感覺到手腕上的力道消失，孟湘趕緊收回手，一條不屬於她的手環緊貼皮膚，下方垂著一根純白的羽毛，她嘗試把它取下來，但手環的黑色麻繩就像與皮膚黏合在一塊，一用力便傳來撕裂般的劇烈痛楚。她嚇得不敢再動手。

「妳是我的東西，必須聽我的話，要是妳敢反抗，我就像殺死那個女生一樣，殺死妳的雙胞胎妹妹。好了，快點把眼淚滴進池子裡。」

孟湘忍不住低聲啜泣，俯低身體通過鐵絲網，站在美如仙境的鳳凰池邊，她歪著頭，淚水立刻滑落她的下巴，滴入池子。面對一池子裡的水，一小滴的眼淚根本可有可無。

「滴完就快點出來。」青年不耐煩的聲音傳來。

孟湘鑽過鐵絲網，乖巧地站在他的面前，恐懼使她的內心逐漸麻木，不停顫抖的身體也逐漸麻痺。

「最後問妳一個問題。」青年說：「妳為什麼會出現在那塊園地？妳是下一任鳳凰神女，不是農夫。」

孟湘吸吸鼻子說道：「因、因為我被一隻雞……糾纏，是、是牠……帶我來的……」

青年打量她，不信任地瞇起眼。「妳確定？」

孟湘立刻點頭如搗蒜，急於保證自己絕對沒有說謊。儘管這些聽起來很像是一個瘋子會說的話。

「這樣啊……」青年揚起的笑容妖豔且致命，他抬起頭望著遠方說：「事到如今，我可不會像過去那樣任你們恣意擺佈。」

＊

孟湘猶如行屍走肉般離開鳳凰池，自三年前的意外以來，她日日擺脫不了惡夢的糾纏，她懼怕著、後悔著，仍奢望自己總有一天能擺脫惡夢。她以為不會再有更可怕的夢魘降臨，白鳳凰的出現讓她明白一個道理——沒有最慘，只有更慘。

她走到禁止進入的告示牌邊，雙腿無力再支撐身體的重量，癱跪在地。怎麼辦？她好害怕。白鳳凰說過——他說到做到，假如她的行為無法使他滿意，他真的會殺死孟蒔。

她不能讓孟蒔死掉，她是姊姊，姊姊有義務保護妹妹。她把指甲戳入掌心，想藉由疼痛驅走懼意，接下來的幾小時她的內心反覆經歷白鳳凰所帶來的恐懼煎熬，直到接近傍晚，離苑的鐘聲響起後，才蹣跚起身。

剛拍掉屁股上沾染到的沙土，孟湘就見到林欣站在面前，不敢置信地望著自己。

「妳怎麼會在這個地方？我想說大家到處都找不到妳，才來廢棄的垃圾場附近看看。大家都知道這裡是禁區，禁止靠近。」林欣的視線越過孟湘，落在她身後的小徑。「園地的事件其實不是天然災害，是妳——」她不停搖頭，彷彿這麼做就能忘掉現在所見。

孟湘正想開口替自己辯解，林欣轉身拔腿就跑。

當下她了解到，明天以後的自己，絕對不會再有好日子過。

她的生活，永遠不會有最糟的時候，只有更糟。

＊

一連聽完好幾位老師的訓斥，孟湘總算能在夕陽下山之前離開苑，她沒有打算讓今天發生的事情打亂自己原本的計畫，於是開始朝青梅竹馬的住處奔跑。

她非要見到宇潁不可。

晚鐘響起，這個時間點，還在外頭的村民會盡快回到自己家中，夜晚的村子雖不至於會有猛獸出現，依然沒有人會想要待在伸手不見五指的戶外讓蚊蟲叮咬。

不久，晚鐘的餘音在遠方止歇，這時若還在外面閒晃一定會受到特別的注意和關心。

晚餐的香氣由各戶人家飄散到鄉野間，令孟湘的肚子發出抗議。除了看見幾名晚歸的農人外，她沒有再見到其他人，她放輕腳步，悄悄跟在他們後面。如果讓這些人有機會去跟自己的奶奶打小報告就糟了，要被發現至少也要等到她見上宇穎一面之後。

在抵達目的地前，那幾名農人已經回到各自的家中，孟湘依然保持謹慎，儘量避開每一戶人家的窗邊。很快，她便看見全村唯一有兩層樓高的氣派建築。

宇穎的家坐落於居住區的東側，鄰近水田，他的父親是現役的狩獵隊隊長之一，十分受村民們敬重，他的母親是飼養員，全村的家畜都歸她管理，因此他們家擁有最大片的土地。

孟湘還記得小時候她和宇穎常常拉著孟蒔到水田邊玩泥巴，或者是跑去逗弄小牛和小羊，弄得渾身髒兮兮，不過宇穎的父母從來沒有罵過他們，反而會叫他們去把手腳洗乾淨，然後招待她們姊妹吃點心。

孟湘站在一個由屋內看不見的角落，仰望這棟已有三年不曾進去過的屋子，露出淺淺的笑容，這些回憶是她最珍貴的寶物之一。

她壓低身體，以極緩慢的腳步從水田與建築之間的田埂繞到後方，她知道宇穎的房間就在建築後方從右邊數來的第二間。希望他在。

她躡手躡腳來到宇穎房間的窗邊，很幸運，窗戶是開著的，她偷偷探頭觀察內部的狀況。屋內一片漆黑，此時夕陽已經沒入地平線，單憑星星及月亮的光芒並不足以看清楚裡面究竟有沒有人。

然而，沒有燈光並不代表沒有人在。蠟燭和油燈的價格昂貴，是很珍貴的資源，很多時候即便房間裡有人，如果沒有重要的事情必須做，是不會點燈的，所以她要再進行更進一步的確認。

她先花了點時間確認有哪一個房間是亮著的，辨認出宇穎父母的談話聲音後，她悄悄回到宇穎的房間外，祈禱不會有人看見自己接下來要做的事情。

她閉上眼集中注意力將體內的力量導向手心處，下一秒右手掌亮起一點橘光，當她睜開眼，一小撮的火苗照亮她的臉龐，也成功讓她捕捉到房間內有一個人影。

然而，她沒有預料到房間內會傳來劇烈的碰撞聲，更沒料到對方會突然大喊：「誰在外面？」

她立刻熄滅鳳凰之火，用只有自己和宇顥聽得見的音量說：「噓！是我，我是孟湘，不要讓伯父和伯母知道我偷偷跑來看你……拜託。」

「宇顥，發生什麼事？」宇顥父親的聲音立刻傳來。

孟湘不自覺屏住呼吸，露出央求的表情，儘管他們看不見彼此的臉。

「沒事，只是有一隻大老鼠從窗戶跑過去。我先睡了。」

聽見宇顥這麼說，孟湘鬆口氣。

「好，晚安。爸媽也準備要睡了。」

「晚安。」幾秒鐘後，宇顥再度開口：「孟湘？」

「嗯，好久不見……」孟湘嚥了嚥口水，想要緩解不斷上湧至喉頭的那抹苦澀，再度開口時，她感覺到自己的眼眶發燙。「對不起，都是因為我，你才會被雪怪抓走……你能平安無事回來，真是太好了，真的真的太好了……」明明想對宇顥說的話還有很多，一到嘴邊，卻全部成了斷斷續續的嗚咽。

「別哭，我接受妳的道歉，所以別哭了好嗎？」宇顥慌了起來。

「嗯。」孟湘破涕為笑，任由眼淚在黑夜中狂流。

三年前，她的行為間接導致宇顥被雪怪抓走的事實永遠不會改變，但對於他的歸來，她由衷地感激，因為她終於有了能夠彌補的機會。

*

孟湘回到家的時候早已過了吃晚飯的時間，一跨過門檻，瘦小駝背的身影便出現在她面前。鳳凰之火散發著柔和的光芒，消去了夜晚中行走帶給她的不安。

「奶奶，我……」孟湘知道自己必須說實話，她不喜歡說謊，也不願說謊，只是說實話比她想像中的還要難上許多。

「先進來再說，還沒吃晚飯吧？」奶奶往旁邊退了一步，讓她有空間能進屋內。

清洗完臉和手，她開始吃起奶奶特地留給自己的飯菜。很香，很好吃。

奶奶拿出一盞蠟燭，利用手上的鳳凰之火將燭芯點燃。「妳去找宇潁了？」

孟湘停下咀嚼的動作，忽然胃口盡失。「嗯……對不起……」

「妳不應該擅自跑去，只要告訴奶奶，奶奶可以安排妳和他見面。」

孟湘瞄向緊閉的門。「孟蒔睡了？」看見奶奶點頭，才又說：「伯父伯母不可能會同意讓我見宇潁，我不想害妳為難。」和孟蒔相同，宇潁的父母也認為自己的兒子會被雪怪抓走是孟湘的錯，若不是孟湘執意要去找正在村子外面驅趕雪怪的父母，和她在一起的宇潁也不會發生意外。

她想要幫助母親快點完成任務的心意反而害慘了更多人，這份心意在她和孟時生日的那一天摧毀一切。

「奶奶說過，那場意外不是妳的錯，現在他們的兒子平安回來，相信他們一定會原諒妳——」

啪！門被猛然推開，理應已經睡著的孟蒔就站在門邊，昏暗的光線在她的臉上映照出層層陰影，她的長髮散亂，與平時整潔俐落的模樣相差甚遠。

看見自己雙胞胎妹妹的瞬間，孟湘感覺有東西扯住自己的胃，往下拖。

「妳很得意吧？獨自一人享受著宇潁歸來的喜悅，明明是害他被雪怪抓走的兇手，竟然還有臉去見他，人不要臉也該有個限度！」

「小蒔，冷靜點！」奶奶站了起來。「事情不是妳想得那樣，宇潁回來的消息原本就打算先暫時隱瞞，小湘會知道，純粹是偶然。」

「偶然？呵。」孟蒔帶著凌人的氣勢朝孟湘走近。「害死爸媽，是因為意外？害宇潁失蹤，是因為他運氣不好？現在向我隱瞞宇潁回來的消息只是因為偶然？了不起啊，千錯萬錯都不會是妳的錯呢。孟湘，妳不是自認為是我的好姊姊嗎？除了從我這裡奪走東西以外妳究竟替我這個妹妹做了什麼！」

「別再說了，小蒔！」奶奶大吼，把孟湘和孟蒔嚇一跳。

不曉得是不是因為燭火的緣故，孟湘看見孟蒔的臉漲得通紅，她緊咬下唇，力道之大彷彿非得把自己的嘴唇咬出血來不可。

孟蒔鬆開牙齒，嘴唇上留下了深深的齒印，她的臉龐浮現比哭泣還要難看的扭曲笑容。「不止爸爸、媽媽，連奶奶也要從我身邊奪走嗎？我恨妳，孟湘，如果妳沒有出生在這個世界，該有多好。」

孟蒔的話無情地把孟湘打入深淵。看著自己的妹妹甩上門，只剩下痛能夠形容她現在的感受。她們是擁有血緣關係的姊妹，但不是擁有親密感情的家人。再也不是了。

「小湘啊，小蒔說那些話絕對不是真心的，不要放在心上知道嗎？」奶奶正著急地想說些安慰的話。

「嗯，我知……」她努力要笑，可是還來不及說出最後一個字，眼淚就滴滴答答地落下來，她欺騙不了自己。她和奶奶都心知肚明，孟蒔剛才所說的話句句再真心不過。

奶奶坐到孟湘的旁邊，輕輕拍打她的背。「大聲哭出來吧，乖孫女，哭一哭心情會變好的。」

「嗯。」孟湘依然沒有放聲大哭，只是不停抽噎，拚命壓抑想要痛哭一場的衝動，因為她是最沒有資格哭的人。

毀掉這個圓滿家庭的並不是別人，正是她自己。

第三章
沒有名字

孟家的屋頂上佇立著一個凜然身影，銀白色的月光傾灑在他身上，照亮了一張面無表情的蒼白臉龐，潔白的長髮與袍服隨風輕輕飄盪。

「想不到您除了愛裝瘋賣傻，還有愛偷窺女生的惡趣味啊。」白鳳凰彎起漂亮的眼睛，臉上的笑容沒有半點笑意。

一團黑影子從巨大的鳳凰木躍下，停在屋頂的一根橫木上，祂拉長頸子，張開尖尖的鳥喙，說的卻是人類的語言。

「你已經長這麼大了呢，白——」

「別用那個名字叫我！」白鳳凰的眼神染上惱怒。吹著微風的夜晚頓時颳起劇烈的強風。

「這千年來我一直看著你。」

「看著我？真是令人感動涕零的善舉啊，犧牲千年的光陰看守一個不祥的汙穢之物，辛苦您了，親愛的鳳凰神主。說吧，您找我有什麼目的？」

鳳凰神主無視白鳳凰的嘲諷，滿懷歉意說：「族人們對你並沒有惡意，希望你能諒解，還有，別把你對我們的恨意施加在無辜的人類身上。」

「您到底有何貴幹？」

祂靜默一會，開口：「炎玉在哪？」

「炎玉可是混有天神力量和鳳凰之力的寶玉。」白鳳凰殘忍地笑了起來。「您怎麼會問一個被囚禁在狹小牢籠裡的汙穢之物寶玉在哪？」

「告訴我，白——！」

狂風捲走鳳凰神主大喊的聲音。

下一個瞬間，白鳳凰出現在鳳凰神主面前，掐住祂幻化成雞身的頸子。

「別再用那個名字叫我。」白鳳凰低聲咆哮：「也最好不要再利用那名年輕的鳳凰神女來阻礙我，不然我連她一起殺。」

＊

孟湘很喜歡自己的雙胞胎妹妹，其中一個原因是性格。孟蒔活潑好動，開朗的模樣人見人愛；反觀孟湘就文靜許多，也比較怕生，小時候若受到同齡孩子的欺負時，總會躲在孟蒔的背後。那時的她們關係十分親密。

曾幾何時，這層關係卻變了調。

儘管沒有言明，孟湘依然能感受到孟蒔逐漸開始疏遠自己，但她仍舊很喜歡自己的妹妹。然後，三年前的那場意外，讓她下定決心要為孟蒔付出一切，只是，那場意外也讓她們的情誼澈底破裂。

發生意外的那一晚，祭拜堂內，孟湘跪在母親身旁不顧奶奶的勸阻，傾盡全力想用自己體內的鳳凰之火治好母親遭受雪怪襲擊而得到的凍傷，只是不論她再怎麼努力，母親皮膚上紫黑色的斑塊以及水泡都沒有好轉的跡象，反而逐漸擴散。

「停手吧，孟湘。媽媽是醫不好了。」孟湘的母親將早已失去知覺的手放到女兒的頭上，柔聲勸道。

「騙人！我治得好的！媽媽還要跟我和孟蒔一起慶祝生日，做好吃的糕餅……我們說好要做很多好吃的糕餅，分給奶奶和爸爸……」說到一半的孟湘突然嚎啕大哭，她知道自己的爸爸永遠吃不到她親手做的糕餅了，就在幾小時前，她親眼看著狩獵隊的獵人為了阻止爸爸變成雪怪，砍下了他的頭。

「對不起……」孟湘的母親牽起一抹虛弱的微笑。「看樣子媽媽是不能遵守跟妳和孟蒔的約定了。」

「嗚嗚……都是我的錯，如果我沒有去找你們就好了，對不起、對不起……」

「怎麼能說是妳的錯。」母親用堅定的口吻說：「看著我，孟湘。」

孟湘抽抽搭搭地抬起頭。

「是媽媽和爸爸自己太不小心，雪怪才會有機可趁。妳沒有做錯事，絕對沒有。我知道妳是為了孟蒔，才跑來要幫助我和妳爸爸快點完成任務，希望能趕在今天之內替妳們慶生，所以別自責了，好嗎？」

「可、可是……」

「有一件事媽媽想拜託妳，可以嗎？」

「嗯。」孟湘揉著紅腫的雙眼點頭。

「答應媽媽一定要好好照顧孟蒔，記得多讓著她，妳是姊姊，做任何事之前要多替妹妹著想，不然無形之中可能會傷害到她，懂嗎？」

當時的孟湘，似懂非懂地允諾。

那一刻起，除了親情以外，她對孟蒔還多了一份責任感。她必需要照顧好、保護好孟蒔。

然而，直至今日，孟湘依舊不能明白母親的那句「做任何事之前要多替妹妹著想，不然無形之中可能會傷害到她」究竟代表什麼意義。

孟湘把棉被拉過額頭，蜷起身體。

三年前，孟蒔得知父母的噩耗時，也是像今天這樣用言語把自己對孟湘的憎恨毫無保留地表現出來。

她這個做姊姊的實在太失敗、太失敗了。

不曉得哭了多久，孟湘總算進入睡夢中。

幾個小時後，陽光從東邊的窗戶灑進來，照亮了房間。受到陽光的刺激，孟湘動了動眼皮，一睜開眼就看見兩隻不該出現在這裡的鳥類。

以人類姿態出現的白鳳凰雙手環胸，口氣不善。「一段時間不見，睡相還是一樣這麼難看。」

她跳了起來，要放聲尖叫的瞬間，一陣風灌進她的嘴裡，她難受得在地上打滾，淚水狂飆，接著撞上一旁的木桌，發出巨大的聲響。

見狀，野雞一邊「咕嚕」一叫，一邊拍翅躍起把兩隻爪子對準白鳳凰的臉攻擊，但被輕鬆避開。

「孟湘，怎麼了？發出這麼大的聲響？」奶奶關心的聲音傳來，還有逐漸靠近的腳步聲。

孟湘彷彿抓住救命的繩索，拚命往拉門爬去。

拉門向一旁開啟，奶奶跑了進來，扶起躺在地上的孟湘。「發生了什麼事？」

大量的空氣不再直衝孟湘的肺部，她一下咳嗽一下喘氣，活像是被嗆到。

奶奶拍了拍她的背，擔心問：「妳怎麼會突然嗆到？有沒有好點？」

孟湘點頭，半睜眼掃視自己的房間，白鳳凰已經消失不見，只剩下那隻野雞自顧自地東啄啄西啄啄，彷彿祂只是偶然闖入，完全不曉得剛才發生了什麼事。

「那隻雞是哪來的？」奶奶問。

她又咳了幾聲，才急忙解釋：「剛剛那隻雞突然從窗戶跳進來，我為了抓祂，結果撞到桌子，然後又不小心被口水嗆到，哈哈……」她心虛乾笑。

奶奶半信半疑。「沒事就好，衣服換一換來吃早餐，然後去祭拜堂進行淨心儀式，苑那邊奶奶已經請人去通知說妳會晚點到。」

孟湘點點頭，正要抽回被奶奶握住的手，卻突然又被抓住。

「妳這條手環是從哪裡來的？」

面對質問，她支支吾吾。白鳳凰講得很清楚，倘若他的事情曝光，就會殺了孟蒔，說不定也會對奶奶下手，她絕不能讓這種事情發生。

「妳最近有沒有遇到不好的事情，我聽說苑裡有個女學生死——」

「奶奶，我很好！那個女生會死掉是因為意外。」孟湘決定說謊，這是她能想到避免奶奶和孟蒔陷入險境的唯一辦法。

「妳這麼認為？」

聽到奶奶的問句，她忽然覺得奶奶會不會知道些白鳳凰的事情？可是她不敢冒險，她不敢想像沒有奶奶陪伴自己的日子會變成怎麼樣。

她用力點頭。

「那就好。」奶奶還是一臉擔心，但不再追問。「快換衣服，奶奶先出去。」

「好。」看著關上的拉門，孟湘鬆口氣，開始脫衣服。

「咕嚕？」

她一頓，立刻把脫到一半的衣服套回去，抓起櫃子旁的掃帚就要往野雞身上爆打。「祢這隻該死的臭雞，已經害我兩次還嫌不夠？現在又把白鳳凰帶到我家，甚至偷窺我換衣服，我非打死祢不可！」

「女人發起瘋來真恐怖呢。」白鳳凰不知道什麼時候又回到房間內，孟湘嚇得倒退三大步，幾乎軟腳，把掃帚護在胸前。

白鳳凰擰眉。「妳該不會以為只用那根破枯枝就能打贏我？」

「咕嚕嚕！」野雞突然一個俐落轉身，衝到孟湘和白鳳凰之間。

孟湘不敢置信地注視著野雞的背影。這隻臭雞打算保護她？

白鳳凰把鄙夷的眼神從她的臉移到野雞身上，狂妄大笑。

瘋子。孟湘心想。白鳳凰是不折不扣的瘋子，這隻野雞也是，可是野雞不會殺人，白鳳凰卻會，他鐵定不會放過這隻膽敢挑戰自己的小小畜牲。

孟湘牙一咬，拋開掃帚，抱起野雞就往房間外衝。奶奶現在應該在客廳等著自己，必需要避開她直接跑出去才行，打定主意，孟湘慌忙拐彎，朝後門奔逃。

她加緊腳步，卻開始感到上氣不接下氣。一打開後門，她就這麼撞進一個瘦小身子的懷裡，兩人即將雙雙跌倒的瞬間，一陣強風颳起，減緩她們撞上地面的力道。

「唉唷，原來是小湘啊，什麼事跑那麼急？」

是奶奶！孟湘丟下懷中的野雞。「妳沒事吧？」

「沒事、沒事。」奶奶疑惑偏頭。「剛剛好像有風？摔得不疼呢。」

「是錯覺啦，錯覺，哈哈。」孟湘猛然間刷白臉，兩眼瞪圓。

白鳳凰從奶奶的的背後走過來，手中捧著孟湘原本要替換的衣物，眼神冰冷。「是啊，剛才的是錯覺，現在又看到幻覺呢。」

「怎麼了？小湘，妳在發抖，身體不舒服？」奶奶把手掌貼到她的額頭。「嗯……應該沒有發燒。後面有什麼東西嗎？」

「別回頭！」她大叫，但已經來不及。

奶奶沒有立即的反應，因為看不見她的表情，孟湘無從得知此刻她是不是正驚訝地說不出話。一個陌生男子拿著自己孫女的衣物，天曉得她老人家會怎麼想？但現在不是擔心這個的時候，孟湘逼自己別再發抖，她抓住奶奶的手臂，奶奶突然回神似地驚呼——

「天吶！小湘，妳的衣服怎麼會自己飄在空中？」

她無法迅速理解奶奶這句話的意思，自己……飄在……空中？

「奶奶，妳看不見？」

「看得見什麼？」

「沒什麼。」她上前一把奪回白鳳凰手中的衣物，然後把奶奶往屋裡推。「妳老人家年紀大了，眼睛不好才會看到幻覺啦，衣服怎麼會平白無故飄在空中。」

「是喔。」奶奶又回頭看了空氣一眼，嘆道：「年紀真的大囉。」

「是啊，年紀大別太勞累，呵呵。」

關上門後，孟湘連忙上鎖。

被鎖在外頭的白鳳凰哼了一聲，毫不掩飾自己的輕蔑，他擅自用風撬開門鎖，大搖大擺走進屋內。

「咕嚕。」澈底遭人遺忘的野雞發出充滿違和感的嘆息，也跟隨在後。

＊

孟湘只吃了兩口，便將手裡的桂葉餅放回小碟子。白鳳凰就站在一旁，緊迫盯人的視線刺在她的臉上，令她坐如針氈。

「不好吃？」奶奶問，神情擔憂。

她搖頭說：「很好吃，只是吃不太下。」

「那晚點再吃，剩下的就帶去苑當午餐，現在先去祭拜堂，淨心儀式可不能耽擱太久。」

「知道了。」孟湘動作僵硬地起身，不敢抬起視線，就怕會不小心對上白鳳凰的眼睛。才走出客廳，她就覺得自己快要哭出來，她不想要和白鳳凰單獨在一起啊。

「按照妳這種速度，中午也到不了祭拜堂。」

白鳳凰不過說了句話，孟湘便嚇得差點跳起來，她拿著自己還沒換上的衣物，加快腳步前往祭拜堂。

進到祭拜堂內，她慌張地關上拉門，雙腿抖得不能自已。

「五分鐘之後，我就會進去，如果妳不想在我面前換衣服，最好動作快點。」白鳳凰的聲音透過拉門傳進來。

孟湘倒抽一口氣，邊落淚邊換衣服，由於手抖得太過厲害，她才剛穿好上衣就已經超過白鳳凰所說的五分鐘，她絕望地等待白鳳凰闖進來，但對方沒有動作，她能透過拉門紙上的陰影看到白鳳凰仍站在外頭等她。

「好了沒啊？」他不耐煩的聲音傳來。

為什麼要問？他大可以直接闖進來。孟湘不解，突然間，她發現自己的手不抖了，便趕緊換褲子。穿好的瞬間，白鳳凰拉開門走進來，她又被嚇了一次，同時忍不住猜測，他該不會是透過拉門上映出的陰影判斷出她已經換好衣服了吧？

「慢死了，做什麼事情都磨磨蹭蹭的，真礙眼。」隨便找個空位，白鳳凰盤腿坐下。那隻野雞跟著他一起進來，不過選擇窩在門邊。

孟湘愣在原地，難道她進行淨心儀式的時候，還得提防著白鳳凰？她低下頭，頓時欲哭無淚，她不明白自己怎麼會招惹到這兩個瘋子。

「妳是想要在那裡站到天黑嗎？」白鳳凰的嘴角浮現一抹不明顯的笑。「我聽說那名叫作宇潁的小子今天會去苑，妳難道不想再去看他？」

宇潁會去苑！真的嗎！孟湘猛抬起頭，張口想問，話卻哽在喉中。白鳳凰看她的眼神充斥著她無法理解的怨懟。雖然恨，卻沒有殺意。

她耐不住恐懼縮縮身子，跪到祭祀台前，開始進行淨心儀式。

所謂的淨心儀式，其實就只是靜坐冥想，摒除心中的雜念，然而對此時此刻的孟湘來說，要如往常一樣靜下心來簡直比登天還難。她表面上靜止不動，但滿腦子都是白鳳凰。她甚至沒有自覺自己已經不如一開始那樣怕他。

*

回到客廳，孟湘發現奶奶不在，也許又跑去處理村民們的大小事了。

有些人只要生活不順遂便會請孟湘的奶奶利用鳳凰之火幫忙淨化自家環境。一想到自己以後也要應付這種迷信問題，孟湘就覺得頭痛。

她吃起自己沒吃完的桂葉餅，發現桌上還有三個，奶奶說過剩下的要給她當作午餐吃。她將桂葉餅放到一塊乾淨的棉布上，正要打包的時候，突然感受到兩道強烈的視線刺在自己身上。

她偷瞥一眼跟在她旁邊的白鳳凰和野雞，懼意又霸佔她的大腦，她好希望奶奶就在這裡陪自己。她退後數步，以顫抖的聲音說：「你們想吃就拿去。」

「真的可以？」白鳳凰的眼睛閃爍期待的光芒。

野雞瞬間叼走一塊，跳出窗外消失無蹤。

孟湘顫巍巍地點頭，心中有個疑惑悄悄浮現，白鳳凰大可直接用搶的，憑他的力量絕對輕而易舉，幹嘛還要特意問她？

白鳳凰站到桌子邊，低頭看著桂葉餅，遲遲沒有動手。

「怎、怎麼了？」孟湘問。

「我吃不到。就這麼辦吧，妳帶到鳳凰池給我。」

孟湘吞了吞口水，鼓起勇氣想要拒絕，她不想再一次去到那個不祥之地，但當她對上白鳳凰那雙期待的眼睛時，突然有一團情緒哽住喉嚨。擁有足以毀滅整座村莊力量的白鳳凰，竟然會因為一塊再普通不過的桂葉餅面露喜色，她實在不能理解。

「快點。」白鳳凰催促。

在別無選擇的情況下，孟湘把包好的桂葉餅收到自己的提包內，認命地往苑出發。

*

透過白鳳凰的指示，孟湘這次立刻就找到自己的教室。

現在是下課時間，除了許渺曉獨自坐在位子上畫圖外，全部的人一窩蜂圍成一團，連陳桂榆和林欣也在其中，孟蒔就更不用說了。

孟湘沒有靠近，有兩個原因，一是她有更重要的事情必須馬上去做——替白鳳凰送桂葉餅；二是她知道被人群包圍住的是宇潁，倘若自己和他扯上關係鐵定會給他帶來困擾，這不是她所樂見的。

然而她很清楚自己還是很想再和宇潁說上話，也有好多問題想要問他。她嘆口氣，把提帶掛到木椅上並從提包內取出桂葉餅。在她要踏出門檻時，有個她不熟悉的男同學忽然大喊她的名字。

本來大家的注意力都在宇潁身上，短時間內全部集中到孟湘這裡。

那名男同學繼續喊道：「害死黃薇嬅還有臉來苑，鳳凰神女就是不一樣，根本不把人命放在眼裡！」

「妳到底跟薇嬅有什麼深仇大恨，為什麼要害死她！」一名女生跑到孟湘面前，狠甩她一巴掌。「身為鳳凰神女竟然帶頭觸犯禁忌，妳怎麼不乾脆自己去死一死！」

「打得好！」

「打死她算了，這種人根本是人渣！」

大家的辱罵如同巨石重擊在她的內心，比打在臉上的巴掌還要痛，她在包圍自己的人群中找到躲在後方的林欣，對方一觸及到她的視線便迅速別開頭。

孟湘緊咬嘴唇，嚐到一絲血味。在被林欣撞見自己從鳳凰池跑出來的那一刻，她就已經預料到這種結果，可是她為什麼依然覺得難受？

她的手指捏著手環上垂掛的羽毛，試圖尋找一絲慰藉。她不曉得自己為什麼要這麼做。

「借過、借過！」好不容易擠過人群的陳桂榆跑到她旁邊問：「妳沒事吧？」

我看起來像是沒事嗎？她一度想如此回嘴，最後仍選擇作罷，她搖頭。

「我們離開這裡。」陳桂榆正要拉起她的手時，突然遭人猛推一把，差點摔倒。

「妳竟然打算包庇殺人兇手？」打了孟湘一巴掌的女生怒道。

「孟湘才不是殺人兇手，妳有親眼看到她殺了人？」陳桂榆回嗆。

「林欣說她親眼看到孟湘從鳳凰池走出來，妳和林欣不是很要好？難道妳不相信她的話？」

「我相信孟湘的為人，況且她和黃薇嬅又不認識。到底是誰說從那口破池子走出來的人就一定是兇手！」

孟湘扯住陳桂榆的衣服，小聲說：「夠了……」她是很高興陳桂榆肯挺身而出替自己講話，但她不希望陳桂榆會因此遭到其他人孤立，那種感覺很不好受。

陳桂榆忽然轉向她，大聲問：「孟湘妳自己說，妳真的有向白鳳凰許願？」

她一怔，片刻後吶吶道：「沒有……」

「既然妳說沒有，我絕對相信妳。」

「相信她？」那名女生拔高音，指著孟湘的臉。「妳腦袋壞了不成？相信她這種人，妳是不是在無意中被洗腦了啊！」

「跟她們這種人講道理根本沒用。」最初大喊孟湘名字的那位男同學推開陳桂榆，抓住孟湘的衣領，把她扯向自己。「害死老子的女朋友，今天就讓妳付出代價！」

面對即將招呼到自己鼻梁的拳頭，孟湘沒有把它放入眼裡，她穿過眾多視線，對上一雙與自己無異的眼睛——厭惡、鄙夷、冷漠、憎恨……

別再看了，不要用那種眼神看我……拜託妳，孟蒔……

孟湘閉上眼睛，巴不得自己能就此消失。

「你這傢伙是從哪裡冒出來的！」

聽到男同學有些驚慌地大喊，她張開眼，發現有人接住早該落到自己鼻梁上的拳頭。她轉頭，驚見白鳳凰俊美的側臉染上一層慍怒。

大家開始竊竊私語這名青年究竟是從哪裡出現的。

男同學抽回手。「滾開，不然連你一起揍！」

白鳳凰冷笑。「不自量力的螻蟻，既然你執意尋死——」

孟湘牙一咬，把裹著桂葉餅的布塞到白鳳凰的懷裡，接著擠進人群裡拔腿就跑。他會追上來的吧，孟湘想著，拜託一定要追上來，她不希望有人死掉，她不能讓白鳳凰有機會再殺人。

她絕不要再害死任何一個人！

「跑這麼急做什麼？」白鳳凰從天而降。

孟湘急忙煞住腳，才不至於撞進他的懷中。他打開包裹桂葉餅的布，從容不迫地開始吃起來。

「你你你騙我！你明明就吃得到！」

「我沒有騙你啊，我在苑外面只是沒有實體的風，雖然可以移動物體，但確實沒辦法吃東西。嗯，這個味道還是一樣好。」他咀嚼著，面露滿足。

「那為什麼在我的房間見到奶奶的時候，你要逃跑？」孟湘又問。

「因為我忘了啊。」白鳳凰聳聳肩說：「太久沒到外面不小心就忘記人們看不見我。」

「可、可是剛才大家明明都看得見你！」

「我是故意給他們看的，不然妳這個笨蛋就要挨拳頭了。」

「我看得見你是因為這個手環，對不對？」她舉起手，繫在手環上的羽毛緩緩晃蕩。

「妳不覺得妳的問題太多了？」白鳳凰皺眉。

孟湘趁他一不注意，把最後的那塊桂葉餅搶走。「如果你願意回答我的問題，我就把最後這塊桂葉餅也給你。」

「奇怪了，妳不是很怕我？現在不怕了？」問這個問題的時候，白鳳凰似乎很開心。

「我……」她一時語塞，幾秒鐘後，她低頭看著自己的腳趾，喃喃：「對啊，怎麼突然不怕你？我應該要害怕的，你殺了人……」

「知道這個問題答案的，只有妳自己吧。別問這種蠢問題。」白鳳凰奪回桂葉餅，趕緊先咬一口。

看著眼前這名貪吃的青年，孟湘實在無法將他和昨天殺了人的印象連在一塊。她摀住自己的眼睛，原來不止白鳳凰和野雞是瘋子，她自己也半斤八兩。

「哈哈，真是瘋了……」

「妳沒瘋哦。」白鳳凰將最後一口桂葉餅吞入肚裡，心滿意足地舔舔嘴唇後說：「這才是妳原本該有的樣子。」

「什麼該有的樣子，我也才剛認識你而已。」孟湘決定把白鳳凰的話當作瘋子的瘋言瘋語。「話說回來你叫什麼名字？」

「我沒有名字。」

「每個人都有名字。」

「我不是人，我沒有。」白鳳凰沉下臉。

孟湘心頭一顫，誰說她不怕他了，白鳳凰明明還是很可怕。「我……我要怎麼稱呼你？」

「白，妳可以叫我白。」

她點點頭。「很適合你，你確實會讓人聯想到白色。」

「……有個人類也曾經對我說過同樣的話。」白鳳凰的語調明顯缺乏高低起伏。

孟湘相當確定他正注視著自己，可是她卻不禁產生這樣的想法——白鳳凰此時眼中看見的人並不是她。

究竟——是誰呢？

*

孟湘站在教室門口躊躇不決，她的內心正極力阻撓她跨出一步。每一位同學，甚至是老師都讓她覺得好可怕。

「少在這裡磨磨蹭蹭，我已經對他們下了催眠，沒有人會記得自己欺負妳的事，雖然大概明天就會想起來，但現在妳就安心去吧。」

一隻腳踹向她的背，她來不及穩住自己，便往前踉蹌幾步進到教室內。她回頭打算拋一記狠瞪表達不滿，卻連白鳳凰的影子都沒見著。

可惡，被他跑了！孟湘摸摸鼻子。然而就如白鳳凰所說——跟平時她遲到的狀況一樣，根本沒有人會想多看她一眼，大家都當她是空氣。

鬆口氣，孟湘走到自己的座位，發現隔壁的許渺曉仍在畫圖，這次畫得是山水畫，經過她揮灑筆墨，長宣紙上精細的圖像令孟湘不禁發出無聲的讚嘆。

坐下後，她持續偷看許渺曉畫圖，這是她頭一次看見有人如此投入做一件事，在她眼中的許渺曉彷彿正閃閃發光，耀眼得讓人不自覺把目光停留。

突然，許渺曉側過身，嚇得她趕緊收回視線。

許渺曉開始翻找掛在身後的麻布提袋，出現在她歪斜嘴角上的那抹笑意令孟湘一陣寒毛直豎，下一秒她和孟湘對上眼，馬上斂起笑容，鋪平微捲的畫紙繼續埋頭作畫。

儘管沒有證據，與許渺曉對上眼的那一瞬，孟湘便了然於心，黃薇嬅會死都是她害的，許渺曉才是兇手，她擅闖禁區，向白鳳凰許下心願。

孟湘咬咬嘴唇，假設她是對的，那鐵定還會有下一個受害者，霸凌過許渺曉的人可不止黃薇嬅一個，黃薇嬅只是開端。

必須阻止。念頭一出，孟湘斷然起身，又跑出教室，反正根本不會有人在意她是否待在這裡。

她快速來到廢棄的垃圾場，轉身踏上隱藏在雜草中的小徑，這個時間點，鐵絲網映著夕陽熠熠生輝，乍看之下就像正在燃燒。

「這麼快就想我啦。」白鳳凰忽然出現，臉上的笑容不懷好意。

孟湘捏緊拳頭，不斷告訴自己他不會殺她的，要殺的話早就已經動手。她逼自己鼓起勇氣問：「向你許願的人是許渺曉對不對？」

白鳳凰的表情宛如早預料到她會這麼問，聳聳肩說：「是誰有那麼重要嗎？對我而言，重要的是他人的心願，只要願意付出代價，不管對方是誰，我都會替他實現願望。」

「所以傳說都是真的？你真的需要一千滴的眼淚才能重獲自由？」

「妳在可憐我？」白鳳凰的話音甫落，周遭的氣溫倏地降低，颳起陣陣冷風，孟湘不禁打起哆嗦。「既然如此，許個願望吧，我知道有很多人愛欺負妳，我可以讓他們全部消失哦，消失的一、乾、二、淨。」

「我不會許願，傷人是不對、不道德的。」孟湘說得斬釘截鐵，即便再怎麼痛恨一個人，她也絕對不會背棄基本的道德良知。

白鳳凰冷笑幾聲，語帶譏諷。「你們人類難道不覺得虛偽？打死蚊子、壓死螞蟻的時候你們可曾想起你們那所謂的道德良知？」

「那不一──」

「哪裡不一樣？照妳所說的，道德良知會隨物種的不同而有所不同囉？那我明天就殺了妳那位思思念念的宇潁，反正在我眼中他就跟螞蟻一樣微不足道，死了也無關痛癢。」

「不行！」孟湘慌張地說：「你不可以殺他！」

「假如妳希望那名叫作宇潁的人類繼續活下去，那就許個願吧，任何願望都可以。」他伸出手抬起孟湘的下巴，以輕柔聲音說著致命的威脅。「我給妳時間慢慢思考，明天結束之前告訴我妳的願望，我很期待。」

孟湘閉上眼睛倒抽一口氣，現在的她深切體會到為什麼祖先們會嚴禁任何人接近鳳凰池。

白鳳凰或許不是不祥的存在，但他絕對是邪惡的化身。

第四章

鳳凰神女只能由妳來當

孟湘以為自己會看見空無一人的教室，但她沒有，許渺曉依然在座位上畫圖，專注得彷彿忘了時間、忘了自己身在何處。

對於黃薇嬅的死，她八成感到很痛快吧？明明圖畫得這麼美，心中怎麼會存有希望他人去死的可怕想法？孟湘多麼希望是自己誤會她了。

也許是在多管閒事，她依然出於好意提醒：「許渺曉，該回家了，不然妳的家人會擔心。」

「管好妳自己就好，別煩我。」

得到這種回應，孟湘一點都不意外，她們第一次見面的時候，許渺曉就沒有給過她好臉色看。她拿起自己的提包，離開教室。

一個人影站在苑的大門邊，走近的時候，孟湘訝異地發現那個人竟然是宇顥。留意到她的到來，宇顥展露出她所熟悉的笑容，朝她揮揮手。

他能如此的有精神，令她詫異萬分。她幫忙奶奶照顧過許多受凍傷的病人，從未有一個能在凍傷完全消褪前起身行走。大多數的人甚至在凍傷褪去後還必須躺上好幾天。

「你在這裡做什麼？」孟湘問，端詳他臉部尚未消褪的凍傷痕跡。

「等妳。」

「我是在問你為什麼要等我，伯父伯母看到你和我在一起鐵定會很生氣，而且……」她忽然想起白鳳凰對班上的所有人進行催眠，宇穎並不記得今天她被霸凌的事。

「而且什麼？」

她尷尬一笑，搖頭不語。

「妳不用擔心，我爸媽已經同意讓我去妳家當面跟妳和妳的奶奶道謝，假如沒有妳們，我大概已經變成雪怪，或是被砍頭了。」

「讓你自己一個人到我家？」

「對啊，我以前不也常常自己到妳家找妳和孟蒔？我只要在敲晚鐘之前回去就好。不過我今天大概沒辦法去妳家，距離打晚鐘的時間就快到了。」

一想起孟蒔，孟湘就覺得心頭沉甸甸的，她強迫自己打起精神，不讓宇穎發覺她的異樣。

「抱歉，如果我早點出來……」

「這不是妳的錯，我也可以明天再去妳家。」他連忙說。

「話說回來，你怎麼沒有在家裡多休息幾天？我以為你至少還會再躺個一星期。」

「不行，那我可受不了，我覺得自己躺到快要生鏽。」

「最好是啦，你也才躺一天左右而已。」

「一整天只能躺著真的很無聊嘛！為了早點回去苑，我可是花了好大的功夫才說服我爸媽。」

「能一整天躺在床上是一件很幸福的事情耶，待在苑根本一點也不有趣，除了學習基本常識之外，還要學習當鳳凰神女應有的知識，有夠無聊。」

「那是妳，我就覺得很有趣啊。」他的口吻真切。「從小成為一名受人景仰的獵人是我的夢想，當『分類』的結果出來後，我超級開心！」

「我又沒有經過『分類』儀式的機會。」

「妳當然有，只是妳在出生以前就已經被『分類』為鳳凰神女。」

「反正我不喜歡這個身分。」孟湘直截了當說。

「人生本來就會有喜歡和討厭的事情，就像我很討厭歷史，怎麼背都背不起來。」他搔搔頭。

「那恭喜你，你有落後大家三年的歷史要讀。」孟湘故意幸災樂禍。

「三年不見變得這麼壞心眼了啊。」

「還好而已。」她發自內心地笑了，能夠像這樣和宇潁聊天——應該是她這三年來最快樂的時光。看著青梅竹馬突然張開雙臂，她不解道：「怎了？」

「可以給我一個擁抱嗎？突然覺得有點冷。」

孟湘瞬間刷紅臉。「最好是會冷啦，現在的氣溫明明很涼爽。」

他微笑。「我最近在想……」

「想什麼？」

他搖頭。「我不知道這樣講好不好，但如果大家都能擁有鳳凰之力，村民們凍傷的機率就會降低許多，妳和妳的奶奶也用不著這麼辛苦。」

孟湘聳肩。「可惜鳳凰之力是透過血緣傳承。」

「我聽說你們家擁有鳳凰之力的起因是鳳凰神贈予一塊名為『炎』的寶玉。」

這時看守苑大門的守衛走出來。「快點回家，敲晚鐘的時間要到了，不要在外面逗留。」一注意到是宇潁，守衛便說：「好久不見，身體還好？」

宇潁垂下舉起的雙臂，淡然道：「還好。」

守衛打算拍他的肩膀表示鼓勵，他卻在下一秒躲開，害守衛的手尷尬地懸在空中。

「辛苦了。」宇潁朝守衛點個頭，態度明顯疏離，接著他轉向孟湘說：「剛才說到炎玉……」

「我以前曾經問過奶奶，但她說那只是傳說。」

他神情失落。「是嗎……」

「不然有機會我再問問看奶奶，也許她以前只是故意敷衍我。」

「好啊。先回家吧。」

「明天見。」孟湘揮揮手後轉身。他們彼此的家所在的方向並不相同。

「孟湘。」宇潁突然喚道。

她回過頭。

片刻後，他才緩緩說：「妳痛恨雪怪嗎？」

孟湘不假思索回答：「當然恨，而且恨之入骨。」

「這樣啊……」他淺淺一笑。「對了，剛才說要抱妳的要求有點唐突，就忘了吧，我沒有別的意思。回去的路上小心點，明天見。」

望著他的背影半晌，孟湘撇撇嘴角，總覺得有點失落……

花不到十分鐘跑回家，一進門，她意外發現孟蒔正坐在玄關處低頭檢視膝蓋上見紅的傷口，即使聽見開門的聲音，她依然連頭也不屑抬起。

孟湘輕拍一下她的肩膀，把從提包裡找出來的藥膏遞向前。「如果傷口已經清理過，上個藥會比較好。」奶奶說過，鳳凰神女最重要的職責就是救人，因此她都會隨時攜帶藥膏與繃帶。

孟蒔的身體猛地一顫，接著總算抬起頭，孟湘發誓，有一瞬間她看見自己妹妹的瞳孔中流露出深深的恐懼。她眨眨眼，不解地望著長得和自己一模一樣的臉孔，這張臉正表現出赤裸裸的厭惡。

「用不著假惺惺地對我好，討厭我就表現出來啊，膽小鬼。」

孟湘拿藥的手僵在空中，進也不是，退也不是，假如是別人，她大可以收回藥轉身就走，但她不能這麼對待孟蒔，她必須照顧好自己的妹妹。

深吸氣並吁出後，她盡力不讓自己的聲音顫抖。「我不討厭妳。」

「但我討厭妳。」

「我知道，一直以來都知道。」孟湘扯著嘴角的肌肉，強顏歡笑的模樣看起來十分悽慘。「可是我很喜歡妳，因為妳是我唯一的妹妹，不過……我討厭妳的行為，真的很討厭、很討厭。」這是她第一次對孟蒔說出討厭這兩個字。

孟蒔張大眼怔住，那表情要說有多滑稽就有多滑稽，然而孟湘卻笑不出來，她不應該傷害孟蒔，即便只是一句「討厭妳」也不該說出口。她頓時懊悔不已。

「妳以前不是這樣的。」孟蒔低語。

「以前？我有變過？」

「妳覺得耍我很好玩嗎！」突如其來的憤怒使她漂亮的臉蛋變得無比猙獰。

「對不起。」孟湘下意識道歉，然後把藥膏放在地上。對她來說，應付他人盛怒的最好方法便是逃跑，而她也真的這麼做了。

一直以來都是如此。

＊

吃晚飯的時候，奶奶問：「小湘啊，那隻雞是妳的寵物？」

孟湘拿筷子的手一頓，往右後方看去，就見那隻紅棕色的野雞站在自己的後方，她搖頭說：「奶奶，妳想吃雞肉嗎？也許明天可以加菜？」

野雞突然跳起，咕嚕叫的同時猛轉圈，接著躲到奶奶的身後，祂的行為令孟湘看傻眼，她幾乎確信這隻呆頭呆腦的野雞聽得懂人話。

「看祂紅通通挺喜氣的，殺掉多可惜，當寵物吧，奶奶可以照顧祂。」奶奶笑著撫了撫野雞後背的毛，眼睛旁細紋因此變得更深。「既然是寵物就得幫祂取個名字，要叫什麼好？」

孟湘瞪著那隻雞，突然產生祂正在對自己竊笑的錯覺。她咕噥：「我覺得還是燉成雞湯比較好。」

奶奶靈機一動說：「就叫祂咕嚕，剛剛聽祂的叫聲頗特別的，真可愛。」

可愛？孟湘忍住翻白眼的衝動。那隻野雞似乎很不滿意自己的新名字，開始拉扯奶奶的衣服。

決定好名字，奶奶又繼續老神在在地吃晚飯，沒多久她像是突然間想到什麼，眉頭一擰，問：「小湘啊，妳今天和小蒔又吵架了？我看她的臉色比平時還要更不好。」

「我很懷疑自己跟她有和好過。」孟湘自嘲地說。從宇潁回來開始，她們一家人就再也沒有一起圍在桌前吃飯，孟蒔不是先出門，就是躲在自己的房間吃。

「小蒔只是脾氣硬了點，記得多讓著她。今天過得怎麼樣？還好嗎？我聽說妳把課全翹了。」奶奶夾一塊肉到她的碗裡。

看著碗裡的肉，孟湘用筷子攪了攪飯。「就……發生一些事情。奶奶，我問妳一件事……我有變過嗎？」

「當然有。」

這個回答讓她的心頭一顫。「哪裡變過？」

「外表呀，妳長得亭亭玉立了呢，我到現在還記得妳和小蒔剛出生的時候只有這麼小。」奶奶放下碗筷抬起手試圖比出嬰兒的大小。

「就這樣？」孟湘追問。這不是她要的答案，一定還有別的。

「是還有。」奶奶搖搖頭，皺起眉。「那場意外之後，妳和小蒔都不愛笑了，甚至常常吵架，看得奶奶很擔心，奶奶希望妳們的感情能回到改變之前。」

一陣酸楚湧上孟湘的鼻頭。「對不起……」雖然她也很想和孟蒔的感情回到從前，但目前的情況根本不可能。

「別道歉，來，菜涼掉就不好吃了，快吃、快吃。」

強烈的空腹感襲向孟湘，她一連扒了好幾口飯，吃得狼吞虎嚥。白鳳凰把她原本要當作午餐的桂葉餅全部吃光，害得她早餐後到現在才又進食。

她一邊吃一邊說：「剛剛我回來的時候，宇穎特地在苑門口等我，說他明天要親自來我們家跟妳道謝。」

奶奶忽然嘆氣。「多幫奶奶勸勸宇穎那孩子，要他多待在家裡，我知道久違回到村子讓他很興奮，可是已經開始有不好的聲音出現，有一部分的獵人認為，他是被雪怪刻意放回來，雪怪很有可能正在進行某項計畫。」

孟湘差點被嘴裡的飯噎到。「大家真的相信雪怪會思考、計畫？這太荒謬。「不是相不相信的問題，今天早上有一組狩獵隊帶回雪怪使用過的器具，一個被刻意磨尖的石頭。」

「撿到並不能代表那就是雪怪做的啊，也許是以前有狩獵隊的人不小心遺落，恰巧到昨天才被發現而已。」

奶奶搖頭。「最關鍵的證據是村外有幾棵樹的樹皮出現遭到硬物劃過的痕跡，痕跡很新，而且和那些被磨尖的石頭相符，我們也已經向所有的狩獵隊伍確認過，沒有任何一支隊伍在近期有執行會在樹皮上留下刮痕的行動。」

孟湘突然感到胃腸糾結。「雪怪的改變和宇潁的歸來只是時間上的巧合而已，我相信宇潁跟雪怪沒有關係，我認識的他絕對不可能會害村子陷入危險。」

「但願是這樣，就怕那孩子在自己也不曉得的情況下被雪怪所利用。他向狩獵隊的隊長們說自己不記得這三年是怎麼獨自在外面生活，單憑這一點就讓大家懷疑他是否在隱瞞些什麼。」

「我不喜歡這樣，也許他真的只是因為某種原因暫時失去記憶而已。」

「奶奶知道，還有一件事奶奶一直沒有和第二個人提起，之前在幫他治療凍傷的時候，鳳凰之火在他的皮膚留下不尋常的潮紅，就像是燙傷——」

「奶奶！」孟湘不高興制止。

「小湘啊，不是奶奶故意要懷疑他，但太多的巧合湊在一起難免會引起懷疑。」

＊

隔天，孟湘難得準時抵達苑，這全都要拜她的奶奶所賜，但她寧可自己遲到，如此一來就能再多睡一點。昨晚，她因為白鳳凰威脅許願的事情而傷透腦筋，為了想出一個不會被曲解的願望整晚無法入眠，搞得現在頭疼欲裂，連鳳凰之火的練習也沒做。

今天沒有人人必修的基本課程，她隨著奶奶走，發現她們前進的方向並不是平時練習鳳凰之火的小木屋。

她正要詢問時，奶奶已經先開口：「到了。」

她們站在一棟更大、更老舊，而且明顯近期有經過翻修的木屋前，它的門與一般的住屋的格式不同——為雙扇，左右兩扇門板上各有一個金屬環，金屬環之間穿了一條粗重的鐵鍊，鐵鍊上扣了三道鎖，若不將這些鎖取下，就絕對打不開門。

奶奶掏出一串鑰匙，孟湘趕緊向前幫忙，金屬鎖的重量比她預期的還要有份量，她將三道鎖取下後放在門邊，原本就疲憊不堪的身體更加使不上力。

打開門，撲面而來的空氣中混雜著濃濃的霉味以及長年積塵的氣息，孟湘揉了揉鼻子，忍住打噴嚏的衝動。「奶奶，這裡是哪裡？今天不練習鳳凰之火？」望著幾乎塞滿整個房間的成堆卷軸與書畫，她感到一陣胃痛。要她讀書，她甘願去鍛鍊體能。

「這裡是只有歷任鳳凰神女才允許進出的書卷庫，奶奶有很重要的資料要找，所以今天暫停練習鳳凰之火，妳有帶歷史卷來吧？就在這裡讀，有老師告訴過我，妳的課業進度嚴重落後。」

「才沒有進度嚴重落後，我很快就會補回來的。」孟湘隨口敷衍，趕緊轉移話題。「要找哪種資料？我可以幫忙。」

「我知道妳的小腦袋在打什麼算盤，該讀的書還是要讀，奶奶自己應付得來，妳好好看書。」

「書改天再看也是可以啦，資料的事情比較要緊，要找哪種資料，雪怪相關的嗎？」孟湘擅自拿起一綑彷彿隨時會散掉的卷軸，開始端詳。卷軸的上頭捆繞著一條繩子，繩結處懸著一塊小竹片，刻著細細小小的符號。她知道這是鳳文，專門記載有關鳳凰與雪怪的歷史資料，這種文體只有鳳凰神女被允許學習，並且由她們代代相傳。

她瞪著竹片上的文字，尷尬地想，該不會裡面的內容全部都是鳳文吧？那她豈不是幫不上忙？忽然間，有股異樣的感受在她的腦中蠢蠢欲動。

「小湘，我記得妳鳳文字母也還沒記熟，如果真的不想讀歷史，就多練練鳳文，這裡有很多關於鳳凰的珍貴史料必需要靠妳傳承下去，有些太過老舊的書卷還得找時間再重抄一遍，避免失傳。」

孟湘有些出神地望著成堆的書籍，恍惚感逐漸加重，這裡不就是她一直在尋找的地方？擁有許多珍貴的知識，能讓她展開醞釀已久的計畫。她怎麼可能會對這裡感到厭煩？

「小湘、小湘。」

聽到奶奶擔心的呼喊，她連忙回過神說：「怎麼了？」

「看妳在發呆，有點擔心。」

「我很好，沒事啦，只是最近沒睡飽而已。」孟湘揉揉眼睛，拍拍臉頰說道：「對了，奶奶，這裡會不會有記載關於鳳凰神女的資料？像是鳳凰神女的起源之類的。」

「應該會有，不過奶奶沒有找過，如果妳想要知道，就趕快把鳳文讀熟，這裡的書卷妳隨時都能來讀。」

「好。」孟湘挽起袖子，興致勃勃地拿出提包裡的鳳文書卷開始默背。

對這些文體，她明明是不熟悉到幾乎看不懂的地步，可是當她將最基礎的字母默唸一遍之後，奇蹟發生了。

她發覺鳳凰書卷裡的字詞練習根本難不倒她，趁著奶奶低頭研讀某卷書冊的時候，她偷偷拿起剛剛那個完全看不懂的卷軸，小竹片上寫的是「鳳凰祭祀」。

她小心翼翼攤開卷軸，連內文也能輕鬆閱讀，好像她手裡的卷軸根本不是用艱深難懂的古代鳳文寫成。這是怎麼一回事？忽然開竅？

難道她這個資質駑鈍到甚至能稱之為愚笨的人，實際上是個天才？

別傻了，她自嘲輕哼，立刻把這個疑惑拋諸腦後，著手尋找執行計畫所必需的重要資訊。

只是，若真的執行了這個計畫，奶奶鐵定會很傷心，孟湘咬緊牙，即便如此，她仍希望自己是個稱職的好姊姊。

*

沒有經過奶奶的同意，孟湘偷偷塞了一個卷軸到自己的提包裡，依小竹片上的字判斷，它非常有可能記載著鳳凰之力的起源與傳遞方式。她緊張兮兮地抱緊提包，祈禱奶奶不會發現書卷庫少了一個卷軸。

要走出木屋前，她注意到門邊角落的那堆卷軸中隱隱透著橘紅色的光芒，剛才來的時候怎麼沒發現？好奇心驅使她走向那道光，這時門外的奶奶突然出聲喝止。

「小湘，別靠近那堆卷軸。」

她止步，回頭問：「為什麼？」

奶奶踏過門檻進屋，並將門在身後掩上。「本來是打算等妳從苑畢業後再說的，不過先告訴妳也無妨。那發光的物體是炎玉。」

孟湘睜大眼。「妳跟我說過炎玉只是傳說。」

「那時候是擔心妳年紀小不懂事。」

她鼓起臉頰。「我又不是大嘴巴。」

「好好，小湘別生氣，是奶奶錯了。」

「所以我們家真的是因為它才擁有鳳凰之力？」

「雖然奶奶知道炎玉確實存在，但也就僅此而已。我們的力量是否來自炎玉，先人有過諸多猜測，但沒人敢試著找出答案，就怕一個沒弄好讓孟家沒了鳳凰之力，或是讓村子燒了，屆時村子便會完蛋。現在知道炎玉存在的人就只剩奶奶和妳，除非必要不然絕對不能吐露給第三個人，知道嗎？」

孟湘鄭重點頭。

祖孫兩人合力將門上的三道鎖扣上後，奶奶說：「一起吃午餐嗎？」

孟湘搖頭。「奶奶不是還有很多事情要處理？不用浪費時間陪我吃飯啦，有奶奶準備的便當我已經很開心了。」

「陪孫女吃飯怎麼能說是浪費時間？」奶奶皺眉。

「如果只有我們兩個一起吃飯被別人看見，孟蒔一定會被別人說三道四，我不希望這樣。」

奶奶面有難色地點點頭。「也是，飯要好好吃完，知道嗎？吃飽後趕快休息，下午鍛鍊體能的時候別太勉強自己，如果身體不舒服記得要和老師反應，絕對不要硬撐。」

「這些我都知道，不用擔心。」

和奶奶道別後，孟湘東張西望確定沒有人在注意自己，便拐個彎，躲進建築物與圍繞苑的高牆之間，她記得上次白鳳凰就是走這條隱蔽的小徑，一路通到鳳凰池，誰也沒遇到。

她逼自己持續往前走，然而不論她的內心還是肉體都正發出激烈的抗議，她實在很想倒頭就睡，讓自己的身心休息，或者順應內心的恐懼直接掉頭逃跑，可是她沒有這麼做。奶奶、孟蒔、宇潁，陳桂榆姑且也算，這些她愛的人，她一個也不想失去。

看見禁止進入的告示牌，前腳才剛踏進雜草密布的小徑，她這輩子最不想聽見的聲音就隨著風傳進她的耳中。

「還以為妳會拖到最後一刻才來。」白鳳凰的語調輕鬆，貌似心情很好。

孟湘深吸氣，極力忽視不斷從腦袋裡鑽出來的抽痛感，她抱著赴死般的決心往前走，直到看見斑斕炫目的池子，以及飄在池子上方的白鳳凰——她不禁看呆了眼。

白鳳凰將平時披散的長髮束起，清爽俐落卻又不失美感，他的眼角微微上揚，一雙烏黑深邃的眼瞳泛著迷人的光澤，顯得妖媚勾魂——

見鬼。她用力甩頭，就算白鳳凰長得再怎麼好看，他依然是個殺人不眨眼的惡魔，絕對不能被他的外表給騙了。為了讓自己從被魅惑的狀態抽離，孟湘撥了撥地上的草，確定沒有奇怪的蟲子後席地而坐，拿出奶奶準備的便當開始吃。

「幹嘛無視我？」池子上方的白鳳凰忽然消失，一眨眼就出現在孟湘面前，嚇得她一陣猛咳，把飯粒噴到他身上。

「對不起！」她慌張站起，不知如何是好，還差點把手中的整個便當打翻。

白鳳凰瞇起眼睛，以修長的手指彈掉黏在他白色袍服上的飯粒，語氣帶著一絲戲謔。「小鬼頭就是小鬼頭，樣子長大了，膽子還是一樣小啊。」

孟湘一頓，兩眼愣愣地望著白鳳凰，忘記自己此時此刻應該要感到害怕或者是尷尬。曾經，好像有人對她說過類似的話，她想不起來，可是真的好熟悉……

「我知道我很帥，但妳也沒有必要這麼露骨地盯著我看吧。」白鳳凰一彈孟湘的額頭，趁機奪走她便當裡的豬肉條塞進嘴裡。

「喂，那是我的。」孟湘忍不住說，緊接著立刻用手堵住自己的嘴，結果捧在手上的便當沒拿穩，向前翻倒。

飯菜全部飄在空中，自動回到已經翻正的便當盒裡，白鳳凰捧著便當，從驚嚇到動彈不得的孟湘手中奪走筷子，又扒了幾口飯到嘴裡，才把便當還給她。「下次也讓那個老太婆替我做個便當好了。」

「你——」孟湘張著嘴，說不出話。

「有必要這麼驚訝？」白鳳凰一臉不以為然。「就算我只吃風也能活，還是曾想吃點有味道的食物，能吃就是福，懂不懂？」

「……喔。」孟湘把便當推到他面前。「那給你吃，我現在沒有很餓。」事實上，她只是不敢吃白鳳凰吃過的食物。

白鳳凰毫不客氣地搶過便當，一面吃一面說：「少騙人，以前明明就愛吃得很。」

混著咀嚼食物的聲音，孟湘並沒有聽清楚白鳳凰說了什麼，她坐回草地，把下巴抵在雙膝上，耐不住洶湧的睡意，閉起眼，意識恍恍惚惚。她沒有允許自己真的睡著，就怕白鳳凰會趁機對她不利。

「想睡就睡啊，硬撐著幹什麼？」

一雙大手輕輕摸著她的頭，她不曉得當下自己為什麼沒有抗拒，白鳳凰的動作很溫柔，不知不覺消除她的戒心，一放鬆緊繃的情緒，她很快進入睡夢之中。

*

孟湘恍惚地眨眨眼，腦袋依舊昏沉，但已不再抽痛。一時半刻，她搞不清楚自己什麼時候睡著，也弄不明白自己究竟身在何處。

「醒了？」

白鳳凰的聲音離她很近，近得彷彿是貼著她的耳朵。她抬眼，驚覺自己竟然正把頭靠在他的肩膀上，嚇得猛然彈起，拉開與白鳳凰之間的距離。

白鳳凰沒有因為她的行為而顯露不悅，僅淡然說了句：「告訴我妳的願望。」

願望，對，她來這裡的目的就是要向白鳳凰許願。

「妳不會又忘記了？」白鳳凰皺眉。

孟湘試圖穩定受驚嚇的情緒。「我沒忘，我……我希望你不要再殺害任何一個人，就算有其他人向你許願也一樣。」這是她苦思一夜得出的願望，禁止白鳳凰殺人，如此一來就不會有人再因他而死。

「可以唷，把眼淚滴入池子裡，我就實現妳的願望。」

孟湘照做，鑽出鐵絲網的時候，她問：「你不會食言吧？」

「我和人類不一樣，絕對不會忘記自己許下的諾言。」白鳳凰直視她，表情突然變得陰沉。

「有人類曾經向你許下承諾？」她下意識脫口而出。感受到白鳳凰審視的目光，她不由得縮瑟，痛恨起自己這張不受控制的嘴巴。

他勾起妖媚的笑。「怎麼？很好奇？妳不是怕我？」

「對，我怕你。我自己也不太明白……」孟湘低語。可是無可否認，她確實也受到他的吸引，矛盾的心理令她感到無所適從。

白鳳凰似乎很不滿意她的回應，哼了哼。「妳可以滾了。如果沒有其他願望，別再出現在這裡。」一話甫落，強風襲向孟湘，她徒勞地以手臂遮擋。

當狂風消散，白鳳凰的身影同樣消失無蹤。孟湘抿住嘴唇，能永遠不再涉足此地對她而言明明是求之不得的好事，但為什麼……為什麼聽見白鳳凰要自己別再出現在這裡時，她會感到內心一陣受傷？

*

離開鳳凰池後，孟湘誤打誤撞找到狩獵隊進行體能訓練的地點。苑的內部有個約兩百公尺的橢圓形跑道，平時人人皆可使用，不過當狩獵隊需要練習時，就必須以他們為優先。

孟湘將自己的提包丟置在長型花圃邊，拖著沉重的身軀加入正在暖身的人群，儘管她不是狩獵隊的人，卻必須特別跟他們一起鍛鍊體能，因為確保鳳凰神女的安危是狩獵隊最重要的任務之一。保護者與被保護者之間需要培養一定的默契，增加在村外的存活率。

完成暖身，大家被要求跑橢圓形跑道十圈。看見孟蒔和宇潁有說有笑走在自己前方，孟湘忽然一陣胃疼，但仍硬著頭皮跟在他們後面。

一上跑道所有人都跑得飛快，這些等到年滿二十歲就會成為正式獵人的學生全是經過層層「分類」選拔出的菁英，他們不止體能優於常人，反射神經也好得不得了。在跑步的時候，他們甚至能優閒地談天，彷彿不過是在散步。

才不到兩圈，孟湘就清楚感覺到自己和這些人的距離愈拉愈遠。

跑、快跑、跑、不能停。她上氣不接下氣地強逼自己，要是連這種最基本的體能練習都跑不完，免不了會遭人嘲諷。她不能讓孟蒔丟臉。

好痛、好累……孟湘壓下到嘴邊的嗚咽，大口喘息，悲慘得差點被口水嗆到。

強迫自己以超出能力範圍的速度跟上其他人，導致她的腿部痠痛不已，也許是拉傷了，她感覺到每一條肌肉都在發出強烈的抗議，而且因睡眠不足產生的頭痛欲裂仍折磨著她，她的視野中開始冒出一些飄忽不定的白點，愈來愈多，她用力眨眼，好讓視野恢復清晰。

她好想直接往前撲倒，任由誰把自己踩暈，這很簡單，同時又充滿吸引力，她幾乎就要這麼做了。但她沒有。假如她這麼做，孟蒔鐵定會以她為恥，她已經下定決心要成為盡責的姊姊，她不能因為這點痛苦就放棄。

她持續大口喘氣，喉嚨又乾又痛。許多人紛紛從她的身側超越，他們的背影無聲地嘲笑著她的無能。

可惡……內心和身體傳遞來的強烈痛苦令她濕了眼角，模糊的視野使她一時沒注意到腳下的石塊，她的腳一拐，整個人即將如幾分鐘前所想的那般往前撲倒。

一隻強而有力的手適時抓住她的肩膀，穩住她的身體，她倒吸一口氣，兩腳安穩踩在地面。回過頭，她並沒有看見任何人站在自己後方，只感覺到一陣溫和的風吹過自己的臉頰。但她非常清楚是誰幫了自己一把，然而令她不明白的是白鳳凰為什麼要三番兩次地幫助她？

「嗚……」她蹲下，再也壓不住到嘴邊的嗚咽，不是因為心靈上的難過或身體上的不適，大概是受到幫助有點感動吧？她自己也不是很明白。

一停下腳步，她知道自己暫時無法繼續奔跑，她逼自己起身，蹣跚前進，至少她沒有放棄。她才不會放棄。

跑道上只剩下她一個人，她走得很慢，獨自承受他人帶著嘲笑意味的指指點點。走完最後一圈的瞬間，她癱坐在地上，沒有人願意去關心她的狀況。沒關係，她不在乎，不在乎……

至少，她沒有半途而廢，沒有讓孟蒔丟臉。媽媽，我做的很好，對不對？

「孟湘，妳沒事吧？身體不舒服？」有個人打破眾人的冷漠，向她跑來。

孟湘溼了眼眶，這對她無疑是種救贖。她抬頭，對上宇顥擔心的臉龐，這促使她的心跳加速，她知道這種情感所代表的意義，從年紀很小的時候就知道。

宇顥的身後還站了一個人——是孟蒔。

當然，明白自己對宇顥抱有特殊情感的那一刻起，她也明白孟蒔和自己是一樣的，都戀慕著青梅竹馬。孟湘不確定這和雙胞胎有沒有關係，但她們很多時候不需要言語便能知曉對方的想法，就像現在，什麼都不用說，她知道自己的妹妹希望她怎麼做。

「你們還有其他的練習吧？不用管我。」孟湘無視那隻伸向自己、她渴望能握住的手，沒料到這個舉動瞬間引發大多數人的嚴重反彈。

「鳳凰神女很跩嘛！不屑接受我們這些普通人的好意。」

「是啊，這麼高貴的身分我們可高攀不起呢！」

大家紛紛圍住孟湘，她慌了，想逃，卻連逃跑的力氣都使不上來。

「喂，你們為什麼要說這種話？」宇潁直視那些對孟湘發出惡意的人。

「她是個廢物啊，宇潁。」黃薇嬅的男朋友走向前，他也即將正式成為狩獵隊的一份子。

孟湘嚇一跳，以為大家已經想起她擅自跑去鳳凰池被林欣撞見的事情。白鳳凰說過，他的催眠只有暫時的功效。

「歷任的鳳凰神女就算不討喜，也全是天賦異稟的人，然而我們這一代要保護的鳳凰神女卻是個一無是處的垃圾，依我看，孟蒔才是真正適合成為鳳凰神女的人。」黃薇嬅的男朋友低頭俯視坐在地上的孟湘，一臉鄙夷。「我可不想因為保護一個空有鳳凰之力，卻沒有其他能力的廢物而把自己害死。」

最後這句話，道出所有獵人和準獵人的心聲，孟湘理解到這個人只是單純看她不順眼，不管她去鳳凰池的事情有沒有被憶起都一樣。

「她沒你說的那麼糟。」宇潁壓下自己的脾氣。「她只是體能比較差——」

「那早已超出能稱之為『差』的程度。」孟蒔罕有地插話，口吻淡漠，宇潁訝異地看著她。自從她開始疏遠孟湘後，總是刻意對大家欺負孟湘的舉動視而不見。她不插手、不表態，僅僅是冷眼旁觀。

宇潁擺出不能諒解的表情，然而在場的所有人一面倒向孟蒔和黃薇嬅的男朋友。

「事實就是事實。體能可以訓練，書讀不來可以再多花時間，但她不是，每天遲到，體能訓練的時候也常常以身體不舒服為藉口，我們根本看不到她的努力，她這種態度會把我們大家害死。」黃薇嬅的男朋友憤憤地說。

所有人都用冷漠的眼神注視著孟湘，深沉的恐懼捏住她的喉嚨，她知道自己資質駑鈍、體能差，也常常故意遲到，但她也很努力啊，為了彌補自己的弱項，她花掉大半的時間練習使用鳳凰之火，希望能好好利用這份力量保護身邊的人，可是大家怎麼能因為沒看見她的努力就否定她的一切？為什麼每個人都只看到她的短處？

她向宇潁投射求救的視線，得到的卻是故意別開頭的回應。

為什麼……

然而，在她接觸到孟蒔和大家對宇潁拋出的責備目光後，她明白自己被拋棄了，宇潁在她和眾人之間做出選擇。明智的選擇。

孟湘曲起膝蓋，縮到胸前，可怕的絕望感席捲而上。沒事的，她安慰自己，她甚至無法責怪宇潁對自己的背叛。倘若不跟隨大家，下一個被霸凌的人就會是他。

這樣很好，沒事的……她不希望宇潁跟她受到相同的折磨。

「你們這些人類有完沒完啊！」最後，前來幫助她的又是白鳳凰，他強硬地抱起她。孟湘動也不動，嚴重的自我厭惡讓她連抬頭的勇氣都就此失去，對白鳳凰的恐懼突然間變得無關緊要。

理著平頭的狩獵隊大隊長跟在白鳳凰的後面，他的眼神空洞，卻還能用著無比嚴厲的語氣下達命令。「跑十圈太少是不是！有時間在這裡欺負人，再去跑二十圈！」

儘管是體能良好的準獵人，依然忍不住發出抗議的哀嚎。

「宇潁他……拋下我了、拋下我了……」孟湘將臉埋在雙臂之間，聲音幾乎微不可聞，她不斷呢喃，不願接受這個事實。

「吵死了，這很重要嗎？不就只是說明其他人在他心中的地位比妳還高而已。」白鳳凰走離人群，語氣煩躁。「至於妳會難過，說到底，不過是妳把自己和他之間的關係過份美化。你們人類總是這樣，事情一旦沒達到心中所預期，就一副全世界都對不起你們的嘴臉，看了就噁心。」

她停止啜泣，抬起頭望著白鳳凰俊美的臉龐。輕蔑、厭惡、可悲……種種負面的情緒凝聚成一個集合體，從他的雙眼投射出來。

囚禁白鳳凰於鳳凰池的不是鳳凰族嗎？為什麼他要對人類懷有如此巨大的恨意？是不是白鳳凰也曾經對人類抱有期待，結果落空了？

也許白鳳凰說的對。現在的她會如此痛苦、悲傷，都是因為自己高估了和宇潁的友誼，就像……她也高估了自己和孟蒔的手足之情。

「謝謝你。」孟湘說，趕緊低下頭。心臟劇烈鼓譟。

「省省吧。我才不需要那種空口白話，如果真的想感激我，多許幾個願望比較實在。」

「你明明知道我不會再許願，為什麼還要幫我？」她咬住下唇，淚水再一次模糊視線。說真的，她很感激他的幫助，同時有多感激就有多厭惡。白鳳凰對她的好，只會讓她奢望更多，然而她不配擁有這些，就像她不配擁有鳳凰之火的力量，假如孟蒔是姊姊，她相信孟蒔一定可以成為一個讓人心服口服的鳳凰神女，一個比奶奶還要受人尊敬的鳳凰神女。

為什麼她會是先出生的那個人？

為什麼！

「我說過妳是我的東西。我只是確保自己的東西不受傷害。」一到鳳凰池，白鳳凰把她放到地上，動作輕柔到宛如她是一件易碎品。

這樣的溫柔卻讓孟湘情緒失控大吼：「但是應該要成為鳳凰神女的人不是我！你要保護的人

應該是孟蒔，不是我！她比我更適合，有她當鳳凰神女，你就用不著常常跑來幫助一無是處的我——」

白鳳凰一掌按住她的嘴，捻熄了她失控的情緒。「下一任鳳凰神女只能由妳來當，妳要是敢再說這種話，我就直接宰了那個孟蒔。」

孟湘驚恐地睜大眼，不敢再吭聲。她瞥見白鳳凰手中拿著她的提包，嚇得心臟差點跳出嘴巴。絕對不能讓他看見提包裡面的東西，不管他懂不懂鳳文都一樣，那個卷軸記載著鳳凰神女相關的事蹟，裡面有很大的機會寫著如何轉移鳳凰之力的答案。

孟湘的計畫只有一個目的，她要把自己體內的鳳凰之力讓渡給孟蒔，一旦知道這件事，白鳳凰很可能真的會殺死孟蒔。

但她不會屈服於他的威脅，就如同黃薇嬅的男朋友所說，假如有一天保護村莊的重責大任完全落到她的肩上，能力不足的她鐵定會害這座村子馬上完蛋。為了她和孟蒔以及全村的人好，她必需要盡早找出轉移鳳凰之力的方法。

不論要付出多少代價。

第五章 她，自稱為湘

明亮且充滿希望的鳳凰之火浮現於孟湘的掌心，火光搖曳，宛如俏皮可愛的小精靈。現在早已遠遠超過孟湘平時就寢的時間，她用空著的右手揉揉痠澀的眼睛，勉強打起精神閱讀從書卷庫偷帶回來的卷軸。

卷軸上的某一段寫著：擁有鳳凰之火的鳳凰神女，無疑是村子最重要的資產，這份力量必須倚賴血緣來傳遞，沒有人知道為什麼鳳凰之力只會出現於鳳凰神女的第一個女兒，即便是幾乎同時間出生的雙胞胎亦是如此，無一例外。也許知道答案的只有賦予她們力量的鳳凰神主吧？不幸的是，早在千年前，鳳凰神主便已棄我們而去。

好不容易讀完一段文字，當孟湘打算繼續往下讀時，連日的睡眠不足和體能訓練所帶來的疲憊，讓她再也無法靠意志力支撐，她的頸子一歪，整個人摔下木椅。

白鳳凰的身影及時從黑暗中浮現，在苑外頭他只是沒有實體的風，但足夠了。他抵消孟湘撞上地面的衝擊力，使她免於受傷。這時，她手裡的鳳凰之火如同風中殘燭，難逃熄滅的命運。

房內歸於漆黑，一片寂靜。

「真是個麻煩的傢伙，讓人操心。」白鳳凰抱怨，他以沒有實體的風輕撫孟湘的頭，幾乎與黑暗融為一體的烏黑長髮微微飄動。

「什麼讓人操心，你又不是人類。」

鳳凰之火重新被點燃，剛倒下的孟湘奇蹟似地睜開眼，火光清楚照亮白鳳凰震驚的表情，也照亮孟湘自己幾乎沒有血色的臉龐。

白鳳凰愣住，下一秒猛地將眼前的鳳凰神女拉向自己，以由風構成的軀體緊緊抱住。如今懷中的這個人，才是他真正的鳳凰神女，他的孟湘。

不，是湘。

她自稱為湘。

「用這麼強勁的風把我拉起來很不舒服啊，白。」湘說道，接著很不優雅地打了一個哈欠。「果然不該挑這個時間點出現，這副身體已經到極限。」

白鳳凰把她放倒在被褥上，以強硬的口吻說：「把火熄了，好好休息。」

「我才不要一個人對著黑暗自言自語，怪愚蠢的。」孟湘抬起右手，她的指尖滑過白鳳凰的臉頰，卻感覺被捲入一團風中。「這麼久不見，你還是一點也沒變呢。」

「為什麼從三年前開始就都不出現？」白鳳凰勉強克制住自己的脾氣。

「就知道你會問。」湘淺淺一笑。「那時候孟湘徹底否定我的存在，既然她不希望我出現，我尊重她的想法。」

白鳳凰無法接受這個答案，他一咬牙，壓下咆哮的衝動。「孟湘的眼裡除了孟蒔外，根本容不下任何東西，甚至連遭人欺侮也不反抗，彷彿只要狠狠糟蹋自己，對方就會因此感激她。這種腦袋不正常的傢伙——她否定妳，妳就甘願消失？」

「你這樣說她，我可是一點都高興不起來哦。」湘的聲音單薄虛弱，卻十分堅定。「你應該最清楚——孟湘具備鮮少有人能夠企及的強大包容力，正因為如此，她接納了人人避之唯恐不及的你。當她為了孟蒔否定自己的優秀才能時，連帶也把這份包容力一併捨棄。優秀的才能、強大的包容力、對血的迷戀，還有關於你的記憶，這些形成了『我』這個獨立的意識，就算她本人不曉得我的存在，我也願意包容她。

「不過真的很讓人不爽就是了，有些時候我會感覺自己是被強迫要包容她，因為一旦否定，就等同於否定了擁有強大包容力的『我』。必須藉由包容自己不想包容的人來肯定自己……單憑這一點，我大概是恨她的吧？」

湘虛弱地閉上眼睛。手中的鳳凰之火隨之熄滅。

白鳳凰沒有說話。他還能說什麼？

一開始他喜歡上的確實是孟湘，然而當湘這個意識被獨立分出來後，他的注意力全轉移到湘身上。說到底，孟湘和湘終究是同一個人。

白鳳凰瞪著黑暗，靜靜陪伴湘，腦中思索著自己情感上的矛盾，他皺起眉，想來想去還是不能接受孟湘的懦弱與自卑。

「我果然是厭倦了一直被否定的日子。」黑暗中，深沉的倦怠感透過話語傳達出來，湘接著說道：「吶，白丹，答應我不要否定孟湘，要是連你也否定她，她會崩潰的……」她突然沒了聲音，白鳳凰知道她又拋下他，陷入沉睡。

「我明明警告過妳不准用那個名字叫我。」在伸手不見五指的夜裡，白鳳凰俯身在她的嘴唇上落下一吻，猶如一聲嘆息，倏忽即逝。

＊

孟湘的四肢無力，腦中像是有團火焰在悶燒，身體卻感到異常冰冷。她幾乎耗費所有的力氣才勉強坐起身。

昨晚她是自己爬上被褥睡覺的？她想不起來。

「小湘，該起床了！」奶奶的聲音傳來。

孟湘甩甩頭，試圖甩掉腦中的不適，她瞥見桌面上的卷軸……

「小湘，妳還在睡嗎？」

她的心跳加速，不能被奶奶發現，必須把它們藏起來。她扶著牆壁，穩住自己，吃力地走向桌子，把卷軸塞進一旁的衣服堆裡。

「小湘，妳——」一直得不到回應的奶奶擅自開門進來，然後發出一聲驚呼，跑過來扶起半跪在桌子邊的孟湘。「身體怎麼這麼燙？來，小心點，快躺下。」

替孟湘蓋好棉被後，奶奶跑出房間，接著很快回來，手裡提著一個裝了水的水桶。

模糊的視野中，孟湘看見奶奶不停地用毛巾沾水，試著幫她的額頭降溫，這讓她想起母親——小時候自己如果發燒，母親也是這樣小心翼翼地照顧她。

「對不起……」

懷著對母親的愧疚，她閉上眼睛，任由黑暗將自己包圍。

在虛無的黑暗中，她做了一場夢。

夢中的她躲在門邊，朝房間內部看去，那時的她只有十歲，與孟蒔共用一間房間。孟蒔的哭泣聲細細小小的，彷彿正在極力壓抑自己。

這不正常。當時的孟湘是這麼認為的，因為她總是以嚎啕大哭的方式來表達自己的不滿和悲傷，母親也告訴過她，想哭的時候就放聲哭出來，這樣內心才不會受傷。

她推開門。「孟蒔，媽媽說，想哭的時候就大聲哭，不然心會痛的。」

孟蒔沒有回應，她連看都沒有看自己的姊姊一眼，把一團東西扔出窗外後，奪門而出。

為什麼有難過的事情不跟她說？她們是姊妹，更是親密的雙胞胎，不是嗎？孟湘思索著，幼小的心靈在無形之中受到傷害。她看向窗外，草叢中卡著一團黑黑的物體——是孟蒔剛才丟出去的。

她推了一張木椅過來，小心爬上窗戶，接著她才發現外面沒有可以墊腳的東西，她評估著窗台與地面的高低距離，心裡猶豫不決。

「從這種高度摔下去，對妳這個小鬼頭而言，頂多破皮或瘀青而已。」白鳳凰憑空出現，居高臨下俯視她。

「白！」孟湘放開扶著窗框的手，兩眼發亮，然後毫無顧忌往下跌。

看不見的氣流托住她的身體，幫助她平穩落到地面。

「妳這小鬼是故意跳下來的吧？」白鳳凰降落到地上。

「嘿嘿。」孟湘咧嘴笑，她踮起腳尖，伸手拍向白鳳凰的肚子，手卻直接穿了過去。「白的身體看得見，但是摸不到耶！好好玩。」

白鳳凰露出嫌棄的表情，儘管在這裡他只是風，看著自己的身體被人用手穿過的感覺還是不太愉快。

「下次再讓奶奶帶我去苑，這樣就可以牽你的手了。」孟湘試圖握住白鳳凰看得見但摸不著的手，她將臉湊近，小心地把自己的手與白鳳凰的手貼合，乍看之下就像是真的牽在一塊。

「無聊的小鬼。」他抽回由空氣構成的手，沒有發覺自己的嘴角刻著淺淺的笑。

孟湘因此氣嘟嘟地表示抗議，她突然一頓，想起自己爬窗的理由後，蹲下身，馬上找到孟蒔丟出來的東西。

她將它攤開，是寫著「分類」結果的宣紙。

孟蒔是極少數未來將會進入狩獵隊伍的女生，身為姊姊的她為此感到無比驕傲。可是孟蒔為什麼要哭？

「白，你知道為什麼嗎？為什麼孟蒔要哭？」

「我哪知道為什麼，直接去問她不就好了。」

孟湘苦著小臉蛋說：「孟蒔剛剛不理我就跑掉。白，你一定知道為什麼吧？你說過你是最聰明的鳳凰。」

白鳳凰嘆氣，他俯身細看紙上的內容。「依你們人類的標準來看，她在各種方面都是佼佼者。」

「我知道啊，我也是。」孟湘喜孜孜說。

白鳳凰賞她一記白眼，下一秒，他忽然想到什麼，問道：「妳就算沒有經過『分類』，應該也有接受測驗吧？」

「有哦！」孟湘笑得燦爛。「奶奶說所有人之中，我的成績最好、最優秀。」

白鳳凰神色複雜地看著身高不到自己腰部的小鬼頭。「妳呀，如果不想跟孟蒔搞壞關係，最好不要跟她談到這些。」

「為什麼？」

「不為什麼，反正說了妳這笨蛋也聽不懂。」

「我聽得懂，奶奶說過我很聰明。快點跟我說啦。」

「……因為人類的心眼很小。」

「心眼小是什麼意思？」孟湘問。

「妳不是很聰明？」白鳳凰嘲笑。

孟湘不滿地鼓起雙頰，撲向他，但只抓到一團空氣。白鳳凰已經消失。

她悶悶地坐回地上，瞪著被孟蒔揉爛的紙張，陷入沉思。

＊

孟湘沒有允許自己昏睡太久，未到正午時分，她便睜開眼，一碗淡粥擺在一旁，底下壓著一張字條：

醒來先吃點粥，奶奶有急事要到苑一趟，可能要到敲晚鐘後才回家。

又讓奶奶操心了。她嘆口氣。高燒褪去後，她的腦袋不再又沉又重，而且多睡了一個上午的時間，使她感到神清氣爽。只有在這種時候，她才會慶幸自己是名鳳凰神女，雖不是百病不侵，但恢復的速度總比常人快上好幾倍。

大概鳳凰之力有強身健體的功效吧。

她吃起冷掉的淡粥，依稀記得自己做了一個夢，夢中的她似乎和白鳳凰的關係不錯。

關係……不錯？

她被淡粥嗆到，開始猛咳。

實在難以想像那個自視甚高的白鳳凰會願意跟人類的小孩子親近，孟湘敲敲自己的腦袋，不過是夢而已，幹嘛想這麼多？肯定是自己這幾天太勞累才會做奇怪的夢。

「咕嚕。」

她放下手裡的空碗看向窗戶，注意到咕嚕正朝她左搖右擺地走來，她趴到地上，與祂平視。

「這裡又不是奶奶的房間，誰准祢進來了？」

咕嚕停在她的臉前，表情無辜地又叫幾聲，接著猛然啄一下她的額頭，一溜煙地跑開。孟湘立刻跳起來，追上去。「祢這隻臭雞！耍著我玩啊！別再裝了，我知道祢絕對聽得懂人話！」

一人一雞在空間不大的房間追逐好一陣子，最後是孟湘先投降，她躺倒在地，大口喘氣。咕嚕走到她旁邊，低頭，彷彿正在訕笑。

「啊啊——」她舉起拳頭朝咕嚕揮去。「祢這個用雞眼看人低的混帳！」然後，她生平第一次見到雞會倒著飛，愣住幾秒鐘的時間，她與咕嚕四目相望，那兩顆靈動的小眼珠宛如帶著智慧與靈氣，祂打開尖尖的喙，伸長細細的頸子——

不會吧？難道咕嚕不止聽得懂人話，也會講？孟湘不禁屏息。

「咕嚕嚕！」咕嚕雀躍地振翅，無疑是在嘲笑她。

「靠……」孟湘用雙手摀住臉，自己竟然一度以為這隻大笨野雞具有靈性，甚至認為祂會講話。「我的腦袋壞了不成……」

「孟湘！妳在家嗎？」陳桂榆大喊的聲音從屋外傳進。

陳桂榆？她現在應該要在苑學習才對啊。孟湘不再理會咕嚕，走到窗邊查看，發現站在自家門口的人確實是自己的同學。

孟湘快速換了衣服，趕緊跑去開門。「妳怎麼會來？」

「今天中午休息的時候恰巧遇到妳的奶奶，她說妳發燒，所以我就申請暫時外出來看妳啦，妳看起來氣色還不錯，太好了。」陳桂榆笑道：「我給妳帶了小點心，我自己做的青草凍，包準好吃。」

孟湘接過青草凍，眼眶一熱。「謝謝。」接著想起林欣和宇潁的背叛，她的表情突然變得黯淡。「妳還是不要跟我走得太近比較好，不然會跟我一樣被排擠……」

「妳這個笨蛋！我又不是白痴，幹嘛為了一群瘋子放棄妳這個好朋友，就算大家都討厭妳，我也絕對不會成為其中之一。」

「為……什麼要對我這麼好？」一滴眼淚落下，掉進盛著青草凍的盒子裡。

「也許妳忘記了吧，但我記得很清楚，當時我受到很嚴重的凍傷，大家都決定放棄我的時候，妳卻做出跟大家不一樣的選擇，硬是把我從被砍頭的命運中救回來，所以，誰說大多數人的觀點和做法就一定是最好、最正確的？」陳桂榆抱了一下孟湘。「我相信自己所相信的，妳是我永遠的好朋友，這點我一直深信不疑。好啦，別哭了，我得趕快回去苑，下午我們要學習操作縫紉機，如果錯過的話之後會很麻煩，明天見，記得別又遲到了。」

看著陳桂榆踏著輕快的腳步離開後，孟湘擦掉眼淚，準備進屋。

「孟湘……」

心臟猛然漏跳一拍，她轉身，淚水再一次盈滿她的眼眶，她看見宇穎滿臉愧疚地站在自己面前。

「對不起，昨天原本說好要親自去妳家向妳的奶奶道謝。」

「不重要。」她逼回淚水，故作冷硬道：「奶奶要我提醒你不要太常外出，那樣對你來說很不好，畢竟……你的身體才剛痊癒。另外，奶奶現在不在，如果你要當面和她道謝，明天再來。」說完，孟湘正要拉開門，宇穎就向前壓住門板，不讓她進到屋內，一陣寒意襲上她的後頸。

是錯覺吧？她皺眉，瞥一眼高掛在天空的炙熱太陽。

「不用說謊騙我，我知道獵人們懷疑我和雪怪是同夥，要不是我的爸爸是狩獵隊的其中一個隊長，他們一定早就把我囚禁起來，更不會准許我回到苑學習。」

孟湘沒有回頭，她注視著門，以平板的口吻說：「你是嗎？雪怪的同夥。」

宇穎搖頭。「雪怪同夥的定義到底是什麼？因為雪怪利用我進入村子，所以我就是他們的同夥？可是他們並沒有把我變成雪怪，有時候我會忍不住想，雪怪貪圖人類體溫的背後是不是有什麼特殊原因？也許他們吸取人類的體溫並非出於自身的意願。」

孟湘完全聽不進去這段像在替雪怪辯護的言論。「既然不是，就乖乖回到苑，你的夢想不是要加入狩獵隊保護村子？翹掉訓練可不會幫助你成為一位優秀的獵人。」

「我知道妳在生我的氣，昨天的事情我很抱歉，我不是故意要在大家面前不理妳——」

「我沒有生氣。」孟湘深吸口氣。「還有不管是不是故意的，你都做出了選擇，所以相信自己的選擇，不要再來煩我。」

宇穎退開，語氣帶著失落。「我們不能繼續當朋友了？」

這個問題使孟湘的內心抽痛著。倘若真的是朋友，他不是應該要像陳桂榆那樣支持著她？

妳會難過，說到底，不過是妳把自己和他之間的關係美化了。你們人類總是這樣，事情一旦沒達到心中所預期，就一副全世界都對不起你們的嘴臉，看了就噁心。

孟湘捏緊拳頭，指甲嵌入掌心的疼痛和白鳳凰說過的話再次提醒了她，她和宇頴之間的友誼並沒有自己所想的那樣緊密、深刻。

她，該面對現實了。

「怎麼會呢，我們當然還是朋友，就和以前一樣只是朋友……」是隨手可棄的朋友。她沒有把話說完整，一手摸上微彎唇角。自己此刻的表情……是在笑吧？

「謝謝妳，孟湘，我很怕妳以後不願意再理我。對了，聽說最近狩獵隊有要帶妳的奶奶去村子外勘查，妳知道是什麼時候嗎？」

「不知道，我沒聽奶奶說過。」

「應該是還沒跟妳說，那是我偷聽到的，大隊長認為到村外實際經驗是最快的學習方式，他有跟妳的奶奶建議帶著妳和孟蒔一塊去。真羨慕，假如我也能一起去，就能向大家證明弓箭雖然無法用在獵殺雪怪，但獵捕動物絕對是很棒的武器……」

「你還有再練習射箭？」她忍不住問。

宇頴從小就對射箭情有獨鍾，也很有天分，不過劍術才是狩獵隊的訓練重點，畢竟雪怪即使被射穿腦袋也不會死。

「在村外的那段日子我記不得，但我打算從現在開始利用空閒時間好好練習。」

她轉過身。「是嗎，那你好好加油。如果你也想一起出村，就不要在這裡浪費時間，去讓大家看到你的努力，還有證明你的實力。」

她打開門，快步走進，把自己的青梅竹馬擋在外面。她呼出一串又長又深的氣。

第一次，她覺得和宇潁相處這麼累人。

回到房間，她翻找出被自己埋藏在衣物堆裡的卷軸，把和宇潁的不愉快拋到腦後，同時心想今天一定要從卷軸裡找到有關轉移鳳凰之力的相關資訊。

＊

前一天，孟湘讀完卷軸全部的內文後，深深覺得自己受到祖先的欺騙。竹片上明明寫著標題——鳳凰之力與孟家的淵源。然而，她讀到後來根本是在看一位祖先的生活日記罷了，沒有一點她想要的資訊。

要找出鳳凰之力的轉移方式，看來只倚靠書籍是不可能的，她沒那麼多時間去書卷庫慢慢找，就算有，突然長時間跑去那裡待著，奶奶百分之百會起疑心。

學習和閱讀向來就是她最討厭做的事情。

這麼一來，她目前想到的方法只剩下最後一個——

活了千年之久的白鳳凰或許會知道她要的答案也說不定。

孟湘將五個桂葉餅用乾淨的布包好，這是她的午餐，以及要給白鳳凰的點心。雖然還是會害怕白鳳凰，但她無法允許自己從對方那邊得到許多的幫助，卻不曾回報，況且這次她依然是有求於他。

「今天胃口這麼好？」奶奶詫異。

「我打算分幾個給陳桂榆，昨天她特地拿青草凍來。」孟湘揹起提包。謊言只要說過一次，第二次開始就會變得容易許多，反正說謊又不痛不癢。

「陳桂榆是個好女孩，要好好珍惜和她的這份友誼，知道嗎？」

「會的，我出門了。」

與奶奶道別後，她避開人群，直接來到鳳凰池。風徐徐吹，被鐵絲網包圍的池子，很美。白鳳凰被囚禁在這個美麗的牢籠中，沒有自由，那種惆悵感，孟湘可以體會，因為她也被囚禁在鳳凰神女這個身分的牢籠之中，無法做自己。

果然，這份力量還是應該要屬於孟蒔呢。她忍不住回憶起——孟蒔在年紀還很小的時候一得知自己無法使用鳳凰之火，臉上的表情有多麼失落。直到現在，她仍巴不得自己是妹妹，而不是姊姊。

姊姊這個身分，對她而言實在是太沉重、太沉重了。

「唷，不怕我了啊。」白鳳凰飄在空中，瞇起漂亮的眼睛俯視她。

「我正在努力讓自己不要怕你。」孟湘打開布，桂葉餅讓他的兩眼發亮。「這是你之前幫助我的謝禮。」

風將一塊桂葉餅颳到白鳳凰的手裡，他咬了一口，說：「妳很奇怪，一直都是。」

孟湘笑笑，自己也拿起一個來吃。「我也這麼覺得。不過你說的奇怪，是指我的行為和其他鳳凰神女相比不正常？」

「差不多，如果依普通人的標準來看，妳根本是個瘋子。」

孟湘很想回一句「你不也一樣」，但想到白鳳凰又不是人，決定作罷。她說：「意思是你見過很多鳳凰神女？」

「見過是見過，問這個幹什麼？」

「我最近在想，過去有沒有發生過鳳凰神女還來不及生下女兒就死掉的例子？」

白鳳凰降落到地面，用帶有審視意味的目光注視她，不發一語。

她感受到心臟在胸口猛烈鼓動。冷靜，白鳳凰不可能會察覺到她問這些問題背後的動機，更不可能會察覺到她的計畫。平常心，面對他，不要心虛。

孟湘直視白鳳凰的目光，又說：「你難道沒有想過，如果某一任的鳳凰神女不願意生小孩，又或者她生出的全部都是兒子呢？不過答案肯定是沒有吧？」她搔搔臉頰。「假如有的話，我根本不會出生。」

白鳳凰停止咀嚼。「你們人類是生是死又與我無關，我幹嘛要去在意鳳凰神女的死活？」說完，他將手上還沒吃完的桂葉餅直接塞進嘴裡。

「也是。」孟湘沒料到會聽到如此回應，她沒有意識到自己的嘴唇正在顫抖，此刻心中湧現的情緒……是什麼？

一滴眼淚落下，掉在草葉上，接著，又一滴……

奇怪？她抹掉自己臉上的淚水。為什麼要哭？為什麼從白鳳凰的口中聽到那些話後，會這麼心痛？

「喂喂喂，誰准妳哭了！」

「對不起，我……」

「不要動不動就道歉，很煩！」話一出，孟湘的眼淚反而掉得更兇。白鳳凰的表情罕有地閃現一絲驚慌。「我回答就是了，妳剛剛問的問題我全部不知道答案，但我記得有一次，雪怪大舉入侵村子，死了一堆人類，其中包括所有現存的鳳凰神女。當時孟家幸運有個倖存的女嬰，當天晚上鳳凰之力便自動轉移到她的體內。」

孟湘拋開對此時異樣情緒的迷惘，她吸吸鼻子，不自覺捏緊垂落在雙腿邊的拳頭。就是這個。轉移鳳凰之力的辦法。總算讓她找到了。只是死亡……一股顫慄襲上她的心頭，她能辦得到嗎？她有辦法為了孟蒔去死嗎？她……

「在想什麼？」

孟湘一回神，驚覺白鳳凰的臉距離自己不到十公分，她嚇得連忙倒退，卻遭抓住手臂。

「妳的行為總是讓我火大。」

「我、我……什麼……為什麼？」她漲紅臉，手足無措，眼淚因為驚惶而止住。

「妳不是在努力不要怕我？幹嘛每次我一靠近就想跑？」

「這個……那是因為……因為……」

「連話都說不清楚，乾脆我幫妳把舌頭拔了。」

「因為真的很恐怖啊！」孟湘閉著眼睛吼出來。

周遭陷入沉默。

「原來，我在妳的心中……」他沒再繼續說下去，臉上出現受傷的神色。

「可是……」孟湘用沒被抓住的那隻手摀住臉，對自己接下來要說的話感到不好意思。「有一部分的我，其實很開心能見到你。」

白鳳凰持續保持沉默，像在深思。

她不敢放下遮住臉的手，此時的狀況尷尬到讓她只想落荒而逃，於是她出力試圖掙脫白鳳凰的箝制。

「又要逃？妳不是很開心見到我？只是隨口說說？」

面對一連串咄咄逼人的問題，她一時驚慌咬到舌頭，說不出話。

背後忽然發出有人撥開草的窸窣聲。白鳳凰放開她，視線落到後方。

「孟湘？」

孟湘回過頭，與來者同樣感到不可置信，不同的是，她的驚訝是因為許渺曉竟然會在上課時間跑來鳳凰池。「妳又要許願了？」

許渺曉沒有說話，她鐵青著臉轉身跑走。

「喂，等等！」

「呿，膽小鬼。」白鳳凰拉住想要追上去的孟湘，與她四目對望。「又想跑？妳害我的一個願望沒了，要怎麼補償我？」

……這是我的錯？孟湘眨眼，為什麼她聽白鳳凰的口氣有點像在鬧脾氣？她很想直接不理他，但她不敢，因此略有顧忌地說：「那我向你許願，我希望你不要再實現許渺曉的願望。」

「我不要。用多個願望的可能性換取一個願望，不值得。」

「你真的要實現人類一千個願望才能離開這裡？」假如口耳相傳的傳說全是真的，那白鳳凰未免也太過悲慘，千年來不斷實現著他人的願望，就只為了自己的一個願望——自由，所以他才會憎恨人類，她遮住自己的眼睛，感覺到淚水奪眶而出。

「喂，妳幹嘛動不動又哭啊？與其可憐我，不如多許幾個願望我還比較開心。」
「你為什麼不哭？」
「我為什麼要哭？」白鳳凰一臉莫名其妙。
「你明明很難受，為什麼不哭？你應該要哭的。」
他嗤笑一聲。「誰難受了？」
「既然你不難受，為什麼要扭曲人類的願望？」
他斂起笑，沒說話。
「昨天我讀到祖先的日記，她寫著假如有人向你許下希望能獲得好成績的願望，你就會把成績比許願者好的人全部殺死，但這根本不是許願者真正的願望啊！」孟湘望著地面，眼淚在她的鞋子留下深色的痕跡。「只能一直實現他人的願望，只能一直看著其他人實現願望而喜悅，自己的願望卻難以達成，這明明是一件很悲傷的事情。你不就是因為無法處理自己難受的情緒，所以才不得已選擇用這種方式轉化自己的悲傷，好得到報復的快感不是嗎？」
「是又怎麼樣？」白鳳凰的語氣惡劣。「反正我不會哭。」
「為什麼？」
「妳煩不煩啊！」
孟湘噤聲。放下手，她差點又要因為恐懼而退後，但這次她忍下了。她直視他的眼睛，倔強地表示自己不會再退縮。
半晌後，白鳳凰嘆口氣。「要是哭得出來，我早哭了，也用不著一直待在這個鬼地方。天神曾經答應過我，只要我能為人類哭泣，就會實現我一個願望。但我連為自己流淚都辦不到了，更何況為人類哭泣。妳省點眼淚吧，看了礙眼。」

「我不要，如果你哭不出來，那我代替你哭。」

「神經病，妳哭對我一點幫助都沒有，我也不會因此對妳比較好。」

「無所謂。」

白鳳凰挑眉。

「你不也一直無條件幫助我？甚至不斷特意去洗腦大家的記憶，好讓其他人不會因為知道我來過鳳凰池而欺負我。你明明可以對我撒手不管，所以我可以把這個解讀成你其實是發自內心關心我的？」

「隨妳怎麼說，」白鳳凰忽然在孟湘的面前轉身。「反正事情不會是妳所想的那樣，因為我討厭妳。」下一秒，他化成一陣無形的風，從她的眼前消失。

第六章 妳這個膽小鬼

有了上次的經驗，孟湘沒花太多的時間就找到狩獵隊的訓練地點。距離訓練開始還有一段時間，她坐在附近的一棵鳳凰木底下發呆，同時感到心煩意亂。

白鳳凰的那句「因為我討厭妳」彷彿一記重拳打在她的臉上，令她難堪又受傷，她不懂，既然討厭的話，為什麼還要三番兩次地幫助她？為什麼有時候要對她溫柔……

「像個傻瓜一樣。」她低語。

白鳳凰可是邪惡及不祥的化身，是大家避之唯恐不及的存在，而自己的喜怒哀樂竟然會受到他的影響，太傻了……

「小湘。」

孟湘抬頭，一臉訝異。「奶奶，妳怎麼會在這裡？」

「當然是找妳，奶奶都聽老師說了，妳今天早上又擅自翹課，還有妳並沒有帶桂葉餅給桂榆，對不對？」

「這個，我……」

「小湘啊。」奶奶頓了頓，面色複雜。「老實跟奶奶說，妳是不是又能看見了？」

「什麼？」

「妳還記得之前自己向我問過的問題？妳變過，孩子，不僅外貌，三年前的意外發生後，妳簡直變了一個人，除了笑容減少外，妳也不再跟我提起白鳳凰的事情，還有，妳現在戴的手環，以前妳也常常戴著，可是自從妳不再提起白鳳凰後，手環也不戴了。」

孟湘一摸自己左手腕上的手環，雙眼瞠大。「我提起……白鳳凰？」

奶奶點頭。「以前妳總愛對著空氣說話，每次奶奶問妳，妳都會很開心地說自己和白鳳凰又跑去哪裡玩，起初我和妳媽媽都很擔心妳的精神狀況，因為即使是鳳凰神女，我們也沒有聽說過有看得見白鳳凰的例子出現。可是扣除妳會對空氣說話外，在其他時候妳的表現都很正常，所以我和妳媽媽便決定不再深究。」

孟湘茫然地望著奶奶。「我不覺得自己有失憶。」

「失憶的人通常都是經過旁人的提醒才會意識到自己的狀況，妳想想自己最近見到白鳳凰的時候，他有沒有對妳說出讓妳覺得疑惑的事？」

疑惑……嗎？仔細想想，白鳳凰對待她的方式好像他們以前就認識，他也曾提到「一段時間不見」、「又忘記」等字眼，而且當他第一次看見桂葉餅時就迫不及待想吃，彷彿自己早已吃過，這也讓孟湘十分困惑，因為桂葉餅是她的奶奶獨門創造的一種食物，白鳳凰沒道理有機會吃到。

「有，對吧？」奶奶說：「白鳳凰只願意出現在妳眼前，鐵定有什麼特別的原因，但不論妳和他的感情再好，奶奶都希望妳不要太相信他。傳說之中多少會摻雜某種程度的事實，白鳳凰——」

「不用擔心，他很討厭我，我跟他的感情一點也不好，而且……」孟湘深吸口氣。「他很可怕。」

奶奶皺眉，似乎還有話想說，不過最後她選擇搖搖頭，改說別的話題。「後天的午夜，我要出村子一趟，狩獵隊的獵人要求妳和孟蒔一起來。」

「我們要出村子調查雪怪？」

奶奶點頭。「有文獻記載某些雪怪可能保留身為人類時期的記憶，另外也有說法是雪怪可能會隨時間漸漸記起以前的記憶，我們需要親自去外面調查，必要的話獵人們希望能抓雪怪回來研究，但怕村民們不接受。」她輕拍孟湘的頭，像是在安撫。「記得這次行動一定要澈底保密。」

「抓雪怪？」孟湘不敢置信。「只要一不小心碰到就會被凍傷！太危險了！」

「所以才需要我們。」奶奶微笑，皺紋幾乎布滿整張臉。

孟湘赫然發現奶奶竟然變得如此蒼老，而且她的身體什麼時候變得這麼矮小？看起來好虛弱，彷彿受到點外力就會倒下。她捏起拳頭。

「奶奶，後天出村子妳不要去，妳年紀大了，不應該再做這麼危險的事情。」

「不用擔心，奶奶的身體還很硬朗，再撐個一、二十年都不是問題。妳啊，要快點成為獨當一面的鳳凰神女，這樣奶奶才能放心。」

她咬住下唇，忍住淚。「我討厭鳳凰神女這個身分，更討厭自己體內的鳳凰之力。」

奶奶陷入沉默，臉上的表情並不訝異，只有深深的無奈，以及疲憊。

她深吸口氣後繼續說：「奶奶，村子裡的人明明那麼討厭我們，為什麼我們還要保護他們？為什麼我們還要為他們犧牲奉獻？為什麼我們就不能撒手不管？」

「小湘，妳知道嗎？奶奶我很喜歡這個村子，雖然小，但是很美。是啊，我們確實可以不去在乎村子的存亡，但這裡是我們的家啊，我沒辦法眼睜睜看它被摧毀。也許憑藉鳳凰之力我們能保住自己，可是終究會走向滅亡，因為人類是群居的動物。」

這就是差別，孟湘心想，她很清楚自己永遠無法像奶奶一樣深愛著村子，因為這十八年來鳳曦村帶給她的痛苦遠遠大過於喜悅。

「待會的練習好好加油，但也別太勉強自己，身體要顧好。」奶奶說。

孟湘點頭，看著奶奶離去的背影，然後她忽然明白奶奶變得矮小的原因何在——在歲月的流逝下，奶奶的背不知不覺駝了，像是有人刻意把她的脊椎折彎。

孟湘不禁害怕起自己總有一天會必需要面臨失去奶奶的痛苦。

跑道邊開始聚集狩獵隊的人，儘管內心極力抗拒，她仍起身，堅定地朝他們走去。她會保護村子，她發誓，但不是為了村民，而是為了深愛著村子的奶奶。

她對奶奶的愛，絕對不輸給奶奶對村子的愛。

孟蒔的身邊圍了三個人，每一個人看見孟湘的反應都是刻意無視，孟湘對此並不太在意，但她很訝異宇顥不在這裡。

孟蒔瞥了她一眼，冷冷道：「如果妳在後天的任務害死其他人，我絕對不會放過妳。」

孟湘僵硬一笑。「我知道，因為我也不會放過我自己。」

暖身結束後，狩獵隊的大隊長大步走來。「今天不必跑步，直接開始課程。」

有人發出不明顯的歡呼，孟湘也暗暗鬆口氣，每次的跑步都令她痛苦萬分，她真的很羨慕體能好的人。

「不用高興的太早，等一下會讓你們跑個夠。」大隊長轉頭。「孟蒔你們這一小隊由我親自指導，其餘的小隊先去練習用劍，會有其他老師指導你們，好，各自散開。」

「今天要練習什麼？」孟蒔上前問。

大隊長用僅存的單眼掃視孟蒔的隊伍，看見孟湘的時候皺了一下眉頭。「未來你們將會成為村裡最強大的狩獵隊伍，在把保護村子的重責大任交給你們之前，訓練絕對不可或缺，現在，準備好你們的木劍，上跑道排好陣型，我們要來演練在野外可能會遇到的情況。」

有三名正式的獵人站到大隊長的後面。「我和他們三個會扮演雪怪的角色，你們必須連續跑完二十圈，同時防範我們的攻擊。你們可以大膽使用木劍，不用怕傷到我們，我們自己會閃避。」

二十圈。孟湘的胃又開始痛了。她被四個要保護她的人前後包圍，卻沒有感覺到任何的安全感，反而令她壓力好大。

有道陰影籠罩在她的身上，她抬頭，白鳳凰飄浮在上空，她慌張地張望四周，就怕大家注意到他的存在。

「別擔心，我不想，他們就看不到我。」

白鳳凰正噙著笑俯視著底下的人類，容貌美到令人屏息。孟湘的心臟一緊。他在嘲笑。對於擁有強大力量的白鳳凰而言，根本無法理解人類為了讓自己活下去需要做出多大的努力。

她的視線從白鳳凰身上移開，兩眼直視前方，當大隊長一聲令下後，他們開始奔跑。前五圈，隊長們沒有任何動作，孟湘緊盯著跑在前方的孟蒔，咬牙拚命地不讓自己被拋下。她不要他們慢下來配合她，她不想成為拖油瓶！

她不斷逼迫自己的身體榨出更多力氣，一直到第八圈、第九圈，然後第十……強烈的疲憊感突然排山倒海而來，十圈就是她的極限，她深信不疑，因為一直以來都是如此，不論她做再多的體能訓練，就是無法突破十圈這個界限。她瘋狂地喘氣，感覺肌肉再也榨不出一絲力氣，腳步只能逐漸放緩。

「孟蒔慢點。」跑在整個隊伍左邊的那個人說。

孟蒔回頭瞥了孟湘一眼，放慢腳步，發出一聲微乎其微卻充斥著鄙視意味的咋舌。

汗水刺進孟湘的眼裡，痛得她瞇起眼睛幾乎要哭出來。

可惡，為什麼自己就是不能再做得更好？如此一來孟蒔就不會看不起她了。

可惡、可惡、可惡……

白鳳凰飛到她的上方。「膽小鬼，妳還要再裝可憐到什麼時候？」

她才沒有裝可憐！孟湘忍住回話的衝動，她可不想被當成瘋子。

一步、兩步、再一步、再一步……

跑、跑、跑……

她不能停下來，絕對不能！

跑在右方的人突然抽出練習用的木劍，作出揮砍的動作，孟湘吃了一驚，這才發現隊長們已經開始行動。怎麼辦？她已經要跑不動了，一旦停下，他們就只能攻擊或防禦，這樣一來根本無法順利跑完二十圈。

白鳳凰突然降低高度停在她的面前，修長的手指抵住她的額頭，她嚇了一跳，但沒停下腳步。

「妳是個廢物，一無是處。村裡的人否定妳，一起長大的青梅竹馬否定妳，甚至連自己的親妹妹也否定妳，妳明明因為遭人否定感到痛苦，為什麼連妳也要否定妳自己？」

這些話彷彿銳利的刀刃凌遲著她的內心，她停下腳步，低語：「我沒有。」

「該死的，孟湘妳在搞什麼鬼！是想站在原地等死嗎！」孟蒔回頭大喊，一名隊長朝她揮掌，她以手裡的木劍擋下攻擊，接著突刺對方的胸口，試著拉開彼此的距離。與雪怪最忌諱的就是近身戰，只要一觸碰到，不論接觸的時間有多短暫，人體都會受到寒氣侵蝕，造成凍傷。

「沒有？」白鳳凰俊美的臉蛋變得扭曲可怖，他掐住孟湘的頸子，一字一句如利刃狠狠割開她的心臟。「既然沒有，我認識的那個孟湘去哪裡了？那個總是到處炫耀自己有多優秀的孟湘去哪裡了？把我的孟湘還給我。」

孟湘痛苦地抓住白鳳凰的手臂，意識逐漸恍惚，不要，不要，我不要想起來……

好可怕……

孟蒔會討厭我……我不要比她優秀……我是個廢物……

我不要……

恍惚感襲來，阻斷了她的意識。

「喂，她不會站著昏過去了吧？」一名扮演著雪怪的隊長突然停下動作。

然而大隊長卻喊道：「繼續！在野外就算遇到鳳凰神女不幸死亡的狀況，我們也要想盡辦法活下去！」

「呵。」白鳳凰轉頭看向他們，揶揄道：「真是有毅力啊，雖然只是在白費力氣。」

「是不是在白費力氣還不知道呢，白。」湘抬頭漾起笑。

白鳳凰一愣，他以為孟湘昏過去了，沒想到湘會因此出現。他鬆開她的頸子，接著就感覺到手指傳來痛楚。

「什麼嘛，原來你也會流血。」湘把白鳳凰的手指從自己的牙齒下拉出，牽了一條長長的紅絲，癡迷地說：「你的紅色，很美。」

白鳳凰用力抽回手，語氣兇惡。「去他的紅色，不要在我的面前提到——」

「糟糕。」湘眨眼，無視他的怒火，她發現隊長們和其他隊員正用驚駭的目光注視著自己，於是改用氣音說：「不好意思啦，白，不能再繼續跟你講話，如果被大家當成瘋子，孟湘會難過的。」

白鳳凰瞪著她，不再說話，他往上飛，但沒有離開。

「雖然兇巴巴，但白就是白，可愛又善良。」她微笑，然後對上大隊長的單隻眼睛。「不是說不要停？你們知道現在自己的模樣很像呆頭呆腦的雪怪嗎？嗯，似乎更像沒見過世面的小笨孩呢，哈哈。」

大隊長腦羞成怒，吼道：「誰准妳用這種口氣跟長輩說話！還有你們，發什麼呆啊！繼續！假如再停下來一次，就再加跑十圈。」

原本已經不顧鳳凰神女死活的隊員立刻排好陣行回到湘身邊，扮演雪怪的隊長們也重新展開攻擊，唯獨孟蒔卻在這個時候做出自殺式的舉動，衝向大隊長。

大隊長先是一頓，露出不解的神色，他以敏捷的身手側身閃過木劍，跨出一步並伸手，打算趁機觸碰孟蒔的肩膀。在這次的練習之中，只要被扮演雪怪的隊長們觸碰到，就算出局。

孟蒔見狀膝蓋一曲跪下，避開大隊長的手，提起木劍再度進攻。

「孟蒔，妳在做什麼？快點回來！」其中一個隊員大喊。

湘瞇起眼睛，留意到孟蒔握著木劍的手正在顫抖。「傻妹妹啊，寧願自殺也不願意面對我嗎？真叫人痛心，不過保護妹妹不做傻事可是身為姊姊——我的職責呢。」她打響手指，一點鳳凰之火忽然從空中四散，如流星劃過天際般分別往每一位隊長飛射去，精準地在他們的頭頂上發出「啵」

的一聲爆炸。音量不大。
對此，在場所有人皆瞠目結舌，停止動作。
「喂！你們不是雪怪嗎？哪有看到鳳凰之火卻不逃跑的雪怪？」湘不滿道。雖然不清楚雪怪到底會不會思考，但看見鳳凰之火就跑是他們的本能，鮮少有例外。
隊長們往後退開，但沒有像真正的雪怪那樣逃跑，顯然是不曉得應該怎麼反應比較適當，他們從沒見過有鳳凰神女能如此精準地控制鳳凰之火。
湘啐了一口。「我可沒時間陪你們在這裡瞎耗。」她拋下自己的隊員，開始奔跑。要是孟湘突然醒來，原本能輕而易舉跑完的二十圈就會變得棘手。儘管她們一個清醒，另一個就會沉睡，但這並不代表湘就不會感受到孟湘所體會到的痛苦。她們的記憶是共享的，只是孟湘不願意接受湘這個人格的存在，因此連帶否定掉這些記憶。
「妳要拋棄他們？」白鳳凰跟上湘，面無表情說：「妳不是討厭讓孟湘感到難過？假如這是在村子外面，他們就會因妳而死。」
「可惜這裡不是村子外面呀。」湘咧嘴笑，跑得飛快，彷彿擁有用不完的精力。「好久沒跑這麼快了，感覺真好。」
當她繞完跑道一圈，經過隊長和組員們身邊時，孟蒔追了上去，整個人散發著不服輸的氣勢，其他組員見狀也紛紛跟上。換成湘之後，少了拖慢速度的累贅，多了能夠幫忙逼退威脅的鳳凰之火，讓扮演雪怪的隊長們幾乎沒有能夠攻擊他們的機會。
不到十分鐘的時間，他們便將剩餘的九圈全數跑完。
走到跑道邊，湘仰著頭對飄在空中的白鳳凰邊喘邊笑。「真痛快，飛的感覺應該更好吧？

白……」話一說完，她就失去支撐的力量，整個人往前倒下。

白鳳凰正要颳風穩住她，但一看見孟蒔走來便將風平息，轉過身之後消失無蹤。

孟蒔用肩膀撐住自己姊姊即將倒下的身體，接著就是一個巴掌。

孟湘猛然睜眼，驚覺自己昏了過去，她不解自己是什麼時候昏倒的？更離奇的是她竟然正靠在孟蒔的肩膀上，她因此嚇得急忙後退。「對、對不起……」

奇怪？她赫然發覺全身的力氣像是被抽乾，她不停喘氣，腿部的肌肉則有點緊繃，可是身體卻輕飄飄的，十分舒暢。

又一個巴掌揮來。孟蒔質問：「妳幹嘛道歉？妳有做什麼對不起我的事情嗎？」

孟湘低下頭，縮著肩膀，但沒有閃躲。疼痛躍上左臉頰後，她囁嚅道：「對不起……我知道自己什麼事情都做不好，剛剛又暈倒……由我當鳳凰神女只會害村子……」

啪！

落在臉頰上的強勁力道使她的耳朵嗡嗡作響，她摀著被打的部位，眼看又有一記耳光即將要落到自己的臉上。

「孟蒔，住手！」大隊長斥道：「我不管妳們因為什麼事情吵架，現在立刻和好，一個不和睦的團隊只會自取滅亡。」

「真、是、抱、歉、啊。」孟蒔咬牙切齒把話說完，扭頭就走。

傻愣愣地看著妹妹的背影，孟湘無法做出任何反應。

「妳今天的表現很好，繼續保持。」大隊長突然說。

孟湘左右看了看，視線回到大隊長臉上。「我？」

「不然還有誰？後天好好表現。對了，妳的奶奶曉得妳能很好的操控鳳凰之火？」

「知道。」等等，她皺眉，自己什麼時候在大隊長面前使用過鳳凰之火了？

「雖然妳的體力不好，但鳳凰之力絕對可以彌補妳的短處，再加把勁。今天的課程就先到這裡，可以先回家好好休息。」

孟湘一頭霧水，即使搞不清楚狀況，被稱讚仍令她的心情雀躍，因為她早已記不得自己上次被人稱讚究竟是何時的事情了。

＊

既然訓練提早結束，孟湘決定立刻回家，她不喜歡滿身汗造成的濕黏觸感，只想趕快洗個澡，然後暫時拋開一切煩惱好好睡一覺。

她才剛拿起被自己丟在樹下的提包，就聽見帶著敵意的質問。

「妳為什麼早上沒去上課？」許渺曉的視線刺在她的臉上，雙手環胸抱得死緊，彷彿正恐懼孟湘會對自己不利。

「妳不也一樣？」孟湘沉下臉。「這次換誰？妳又想要讓白鳳凰殺誰？」

「要妳管。」

「那妳幹嘛管我有沒有去上課？」孟湘轉身就要離開。她討厭許渺曉，討厭那些因為自私而向白鳳凰許願的所有人。他們的許願乍看之下是在幫助白鳳凰獲得自由，但無形之中也傷害了他。

「膽小鬼。」

孟湘停下腳步。膽小鬼，白鳳凰和孟蒔也這麼叫過她，以輕視、鄙夷的口吻。突然間，她覺得受夠了！受夠一直被大家稱作膽小鬼！她不和他人辯駁，選擇息事寧人，是因為她不想把事情鬧大，不想造成孟蒔的困擾。可是她真的、真的受夠了！也漸漸察覺到自己的隱忍只會讓孟蒔對她更加討厭而已。

她，或許一直以來都做錯了。「好姊姊」的定義究竟是什麼？她弄不明白。

「我不是膽小鬼，就算是，妳也沒資格說我！」

「那妳為什麼不敢回答我的問題？」許渺曉瞇起眼，只有在這個時候，她的大小眼才看起來一樣大。

「不是不敢，是不想，我沒必要把沒去上課的理由告訴妳。」

不知道什麼原因，許渺曉漲紅臉，看起來非常生氣，她扯住孟湘的手臂，不肯放開。「妳看得見白鳳凰吧？妳明明知道向白鳳凰許願，要他殺死黃薇嬅的人是我，為什麼不向大家舉發？就算沒有人會相信妳，那個陳桂榆也絕對會相信妳的吧？」

「妳希望我舉發妳？」

「我只是……我……」她一時語塞。

「因為有罪惡感？還是因為沒想到白鳳凰真的會實現妳的願望？現在後悔了？別傻了，不論妳再怎麼彌補，白鳳凰再厲害，都不可能讓人死而復生。況且黃薇嬅的死，妳不也挺開心？」

許渺曉沒有否認。

「如果妳沒有勇氣承擔人類的性命，妳就不應該輕易向白鳳凰許願。」

「我不需要妳來教訓我！」

「既然不需要的話為什麼要來找我？妳不就是希望能有個人來指責妳，減輕自己的罪惡感？我不會成為那個人，如果妳想道歉，就去找黃薇嬅的家人，或是她的朋友、男朋友，不要來找我。」孟湘甩開她，轉身就走，但走沒兩步，她又回過頭說：「提醒妳一點，在罵別人是膽小鬼之前，先想想妳自己，妳這個**膽小鬼**。」

一口氣說完後，她深吸氣，試圖穩定情緒，然後邁步回家。

*

遠遠地，孟湘看見自家門口有一大一小的兩個身影正扭打在一塊，不對，是大的人影單方面遭到欺負。

「宇潁？你怎麼在這裡？」她問，看著雄赳赳氣昂昂的咕嚕倒退數步，接著卯足全力衝向宇潁，就是一陣猛啄。

宇潁彎腰，用手臂護住頭。「這是妳家養的雞？快讓祂停下，哇啊！好痛，不要扯我的頭髮！」

孟湘沒有動作，也沒有出聲制止。原來咕嚕並不是只針對她，凡是祂看不順眼的人，都難逃被祂耍的命運。她忍不住幸災樂禍地微笑。

宇潁飆出一連串的髒話，當孟湘決定要幫忙阻止咕嚕的時候，咕嚕猛然振翅，兩隻強而有力的雞爪牢牢扣住宇潁的肩膀，朝他的臉部狂啄。

再這樣下去會出事的！

孟湘連忙丟下提包，試圖抓住咕嚕，有好幾次她的臉被咕嚕有力的翅膀打到，手也被銳利的爪子劃傷。

「該死的，祢這隻瘋雞又在發什麼神經！」她的手掌燃起鳳凰之火，往咕嚕的小腦袋拍去，希望能藉此嚇退祂。

「咕嚕嚕！」但咕嚕放開爪子落地，拉長脖子狂叫，沒有絲毫害怕的樣子。

孟湘將沒有點燃鳳凰之火的手伸向蹲在地上的宇潁。「你還好嗎？」

「還好。」宇潁放下保護自己頭部的手臂，臉上布滿好幾道見血的抓傷，然後他握住朝自己伸來的手，下一秒卻突然驚恐地睜大眼並拍開孟湘。

「好痛。你怎麼了？」她皺眉，突然發覺流淌在他臉上的血液……的顏色是不是有點太暗了？還有他的手好冰。

「不要過來！」

這一吼把她嚇到愣住，她只有在雪怪入侵村子的時候才聽過這種蘊含著極度恐懼的大吼。難不成自己的背後有雪怪？她回過頭，把點燃鳳凰之火的手護在胸前，左右張望好一陣子，確定沒雪怪後，她熄滅鳳凰之火，重新面對宇潁。

「你在怕什麼？」

宇潁搖頭，他看起來已經冷靜許多。「沒什麼，只是想到一些不好的回憶，抱歉嚇到妳。」

「沒關係啦。」孟湘拉起他。好冰，不是錯覺，他的體溫本來就有這麼低？即便想起之前奶奶提出過的質疑，孟湘仍不願接受宇潁是雪怪的可能性。宇潁是人，不是雪怪，雪怪才不會跟她談天說笑。

「咕嚕、咕嚕！」咕嚕衝了過來，尖尖的鳥喙對準孟湘的手背，用力啄下去。

「靠！祢這隻瘋雞！如果被我逮到絕對要把祢變成美味的烤全雞！」

「妳還是這麼有活力呢。」宇潁笑笑，臉色慘白。

孟湘停止追逐，任由咕嚕在四周轉來轉去挑釁自己，最後自討沒趣地跑開。「你今天下午怎麼沒去練習？你不是要讓大家看見你的實力？」

「沒用了。」宇潁垂下頭，一滴偏褐色的血滑下他的鼻梁。「不管我再努力都沒用了，沒有人信任我。就算他們沒有表現得很明顯，我還是感受得到，我的隊員並不想跟我一組，任務的事情大隊長更是對我絕口不提。」

孟湘抿抿唇，卻不曉得該怎麼安慰。自己明明什麼都沒有做，卻遭人恐懼，遭人刻意疏遠，這種感受她能理解，因為鳳凰神女何嘗不是如此？

「他們只是恐懼，畢竟你是特例。」就和她一樣。靜默一陣後，看宇潁依舊垂頭喪氣的模樣，她又說：「找到自己心中的目標，我相信大家有一天會認同你的，像我今天被大隊長稱讚了呢，他稱讚我表現得很好，要我繼續保持……」

她愈說愈心虛。騙子，妳根本不知道自己做了什麼事。不負責任的安慰，虛偽。她彷彿聽見有股聲音從自己的內心深處傳來。

「妳很堅強，一直以來都是，不像我……」宇潁苦澀地搖頭。「只因為一點打擊就逃避練習，我……」

「才不只是一點打擊，你也很堅強，真的，普通人絕對沒辦法在野外生活三年，就連我也不行，你卻做到了！」

「但沒有意義！不被信任就沒有意義，隊員不信任我，村子裡的人也是，這要我怎麼保護他們？」宇潁用手掌抵著額頭。「我明明盼望了那麼久……」

「後天的午夜。」

「什麼？」宇潁放下手，對上孟湘的視線。

「我們要出村子的時間。」孟湘微笑。她不應該說的，宇潁不止背叛過她，還被大家懷疑和雪怪有所勾結，可是……若他是無辜的，她就無法袖手旁觀。

「為什麼要告訴我？那可是機密。」

「你會告訴其他人？」

「不會。」

「那就沒什麼好擔心的。我相信你，宇潁。以前你總是興高采烈地談論自己將來要成為獨當一面的獵人，保衛村子，那樣的你在我的眼中總是閃閃發亮，我希望你可以繼續閃閃發亮下去。」

「我傷害過妳，妳卻還是信任我？」

孟湘聳聳肩。「誰叫你是宇潁，誰叫我們是青梅竹馬。而且是我害你被雪怪抓走，所以我們算是扯平了。」

「白痴，妳一定會後悔……」

「你說什麼？太小聲，我沒聽清楚。」

宇潁稍稍提高音量。「沒什麼，我只是在想如果我也像妳一樣能使用鳳凰之力，也許大家就會相信我是清白的了。對了，妳有問妳的奶奶關於炎玉的事？」

「問了，奶奶不曉得我們體內的鳳凰之力是不是真的源自於炎玉，不過……」

「不過什麼？妳知道炎玉在哪？」

她差點就要將「書卷庫」三個字脫口而出。但奶奶說過不能隨意吐露炎玉所在的地點，因此她搖頭。「我只知道炎玉真的存在。」

宇潁突然垂下眼，一副若有所思。「孟湘，妳可不可以答應我一件事？」

「好啊。」

「我什麼都還沒說耶。」他皺眉。

「那你快說。」

他吞了吞口水。「假如，我是說假如我的存在會威脅到村子，妳一定要毫不留情殺死我。」

「好啊。」孟湘答得輕鬆，因為她深信自己的青梅竹馬不會做出會危害到村子的舉動，絕對不會。

信任，往往能讓事情變得簡單許多。

只可惜，值得她信任的人屈指可數。

＊

咕嚕鑽進孟家門邊的草叢中，跑得飛快。

慢死了。若是以自己真正的型態，只要拍一下翅膀就能直接抵達苑，而現在祂卻必須拚命揮動短短的翅膀，靠著兩根爪子移動，甚至還要顧及人類的眼光，避免成為一隻太詭異的野雞。祂可不希望自己被一群人類獵殺。

跑過田野，有幾位農人因為看見一隻飛奔的野雞而驚訝，甚至有一個人因為祂突然竄出來而嚇得跌進水田裡，咕嚕不禁竊笑。

拍拍翅膀，祂輕易飛上苑四米高的石牆，接著就看見白鳳凰突然出現，他的雙臂交錯於胸，表情冷硬，顯然非常不歡迎祂的到來。

「到這裡做什麼？鳳凰神女不在這裡。」

「我是來找你的。」

「尊貴的鳳凰神主特地屈尊拜訪？哼，我這個不祥的汙穢之物真是受寵若驚啊。」

鳳凰神主無視白鳳凰的嘲弄，說道：「你早就發現了，那個人類的男孩體內有雪怪的氣息，為什麼還放任鳳凰神女跟他往來。他會害死她。」

「她會不會被害死跟我有什麼關係？既然擔心，您自己去保護她啊。」

「不要騙我，你究竟在打什麼主意？我知道你很喜歡年輕的鳳凰神女。」

白鳳凰帶著充滿惡意的笑容說：「喜歡？您也太好騙了吧？她只是一個能讓我重獲自由的有用工具。假如您擔心她和鳳曦村會受到雪怪的威脅，何不自己去保護他們？我可不曾成為您用來保護人類的工具。」

「我沒有力量。」鳳凰神主沮喪地蓬起全身的羽毛，看起來就像一顆紅棕色的球。「沒有把你照顧好，這件事我必須負起大部分的責任，天神為了懲罰我，奪走我的力量。我知道道歉也於事無補，所以我必須拯救你，因為你是鳳凰族的一份子。假如你再繼續執意傷害人類，遲早會後悔。」

「後悔？」白鳳凰大笑。「原來您不是自願變成這副蠢樣啊。真希望您永遠都保持這副模樣，很適合，非常適合您，哈哈哈——」

「白丹！」

「不要用那個名字叫我！我才不是你們的一份子，我只會替鳳凰族帶來毀滅。」白鳳凰止住笑，眼神中蘊含著純粹的殺意。他颳起風，鳳凰神主被吹到空中，無力反抗。「我都不知道您竟然愚蠢到這種地步，主動暴露自己失去力量的事實，是想要讓我幫您解脫？我可以成全您唷，用什麼方式好？乾脆直接折斷您那纖細的頸子如何？」

「──」鳳凰神主拉長頸子，祂說的話全部被吹散在風中，然而白鳳凰卻聽得一清二楚。

雙方僵持不下，白鳳凰突然憤恨地咆哮一聲，放開捏緊的拳頭，狂風停止，鳳凰神主以狼狽的姿勢摔落到底下的草叢中。

「你騙不了我的，我說過，這千年來我一直看著你。**真正在利用**年輕鳳凰神女的是我，不是你，雖然很對不起她──」

「閉嘴！」白鳳凰吼道。

無形的風捲起鳳凰神主，將祂甩上堅硬的石牆，接著重重摔下。鳳凰神主癱在石牆邊奄奄一息，許多被連根拔起的雜草和泥土灑落在祂的身上。

「要是敢對我的東西動手試試看，我絕對會扯掉祢的嘴，拔掉祢的羽毛，把祢碎屍萬段！」

*

咕嚕失蹤了。

祂還住在孟家的時候非常自由，沒有一刻被關進籠子，但每天晚上祂都一定會回到奶奶的房間睡覺。

而最先發現咕嚕不見的就是孟湘的奶奶。

孟湘並不像奶奶那樣特別擔心咕嚕的去向，畢竟莫名其妙忽然跑出來的傢伙，在哪一天突然消失一點也不奇怪。更何況祂本來就是一隻奇葩的野雞，相信不管到哪裡都一定可以好好活著。

她趴在房間的窗邊，放眼望去，可以看見遠方的溝渠正燃著鳳凰之火，細長的橘光宛如一條緞帶。儘管有月光和鳳凰之火的光芒，黑夜裡的村莊依舊伸手不見五指，扣除蟬鳴蛙叫，整座村子彷彿都陷入沉睡。

晚風拂上她的面頰，她閉上眼，感受風帶來微涼的觸感，很輕很柔，令她安心。

「午夜不是要出任務？不睡覺？」

孟湘睜眼，隱約看見面前有個身影，就算之前白鳳凰說了很多過份的話、做出傷害她的舉動，她依舊無法遏止見到他的喜悅。她露出笑容，點亮鳳凰之火，想要清楚看見白鳳凰的面容。

「想睡，但緊張到睡不著。」

她最後一次到村外是三年前的事了，那時發生的悲劇，在她的心中留下莫人的陰影。而這一次，她一定要保護好所有人。

「白，我想要許願。」她忽然說。

白鳳凰挑眉。

「我希望你可以保護我們每個人在明天早上之前都可以平安回到村子。」

「我不接受這個願望。」

孟湘一愣。「我還以為你巴不得我能多許幾個願望。」

「我確實是巴不得。」

「那為什……」

「不是我不想幫妳實現願望，而是我辦不到。就算妳帶著我給妳的手環，我還是無法出現在村子外面，那裡離我本體所在的位置太遠。」

「是喔……」孟湘一臉苦惱。

「妳為什麼還願意跟我說話？」白鳳凰突然迸出一句。

「什麼意思？」

「我前天對妳說了那麼過份的話，妳都不生氣？」

前天？她知道之前有，但前天白鳳凰有說過什麼話嗎……孟湘的眉頭深鎖，經過努力回想，她總算是找回一點記憶，但就只有一點而已。她記起自己和隊員一連跑了二十圈跑道，同時必須閃避狩獵隊隊長們的攻擊，可是白鳳凰那時對她具體說了什麼，她已經記不得。

「妳又忘了。」白鳳凰肯定的口吻使孟湘心頭一驚。

「又？」她突然想起奶奶說過的話──

失憶的人通常都是經過旁人的提醒才會意識到自己的狀況，妳想想自己最近見到白鳳凰時，他有沒有對妳說過讓妳覺得疑惑的事？

「是啊，又。妳這個膽小鬼。」白鳳凰的口氣變得惡劣。

孟湘不禁縮了下肩膀，小心翼翼地問：「我們……以前就認識對不對？」

「當然認識。」白鳳凰湊近，孟湘可以感受到風吹上自己的臉。「先是擅自跑來纏住我不放，後來又擅自否定我的存在，活了這麼久還是第一次遇見像妳這樣恣意妄為又不怕死的人類。」

「我、我我……對不起……我完全記不得了……」

風帶來的輕柔觸感驀然覆上孟湘的嘴唇，她瞪圓眼，身體一僵，腦袋還尚未理解發生什麼事時，白鳳凰的臉便已經從她的面前退開。

「記不記得根本無所謂，反正我喜歡的不是妳。」白鳳凰颳起的風吹熄孟湘點燃的鳳凰之火。

「我喜歡的是另外一個妳。」

第七章

我很恐怖吧

深夜，宇頴趁大家熟睡之時溜出村子，帶著自製的弓與箭獨自在樹林裡遊蕩，尋找適合的練箭地點。因為在村內練習射箭只會被絕大多數人當作笑話看待。

他以流暢的步伐行走，不需要仰賴火炬或是提燈作為照明便能清楚視物。他知道自己是雪怪，與眾不同的雪怪，但仍舊是無法抗拒人類體溫的怪物。

他看見一個人影在樹下發呆，單憑那身破爛的衣著就能判斷出對方成為雪怪已經不是這一兩年的事。

「你在做什麼？」宇頴開口。

雪怪僵硬轉動脖子，張開深紫色的嘴唇，但只發出難聽的嘶鳴聲，彷彿喉嚨早已遭到破壞。

他試圖對話過的每一位雪怪皆是如此。宇頴嘆息。「去別的地方。」

雪怪照做。

他真不明白自己和其他雪怪有何不同，為什麼他不會被鳳凰之火燒成細灰？為什麼其他雪怪要聽從他的命令？為——

「我一直很好奇，你們雪怪是從哪裡得知炎玉的事情？」

宇穎嚇一大跳。「誰？」但身後沒人。

難道是幻聽？

「我在下面。」

他低頭，馬上後退。「瘋子雞。」

「沒禮貌，我是鳳凰神主。」祂制止正要開口的宇穎。「我能告訴你從雪怪變回人類的方法。」

「什麼方法？」他語氣激動。

「釋放炎玉裡面的力量，做法很簡單，只要打碎它就行。」

雖然眼前的雞看起來就只是一隻雞，但本能卻不斷警告他要離這隻雞遠一點，最後他選擇留在原地，鼓起勇氣問：「如果祢真的是鳳凰神主，為什麼要告訴我這些？而且為什麼現在才說？為什麼不去告訴其他雪怪？為什麼第一名雪怪出現的時候祢沒有阻止？」他捏緊弓。

「萬物皆有存在於世的原因，天神之所以創造出鳳凰，就是為了要保護人類免於受到雪怪的殘害。倘若雪怪消失，鳳凰必須存在於世的理由便不復存在，不過現在鳳凰族已經在遠方大陸上找到自身存在的理由，不需要再仰賴雪怪。」

「就因為這種理由？」他的內心湧現強烈的憤怒。

「神不一定高尚。」鳳凰神主背對他。「我把我僅存的力量注入你的體內，這就是你不怕鳳凰之火的原因。找到炎玉，打碎它，你們都會獲救，然後我會帶走白鳳凰，他不屬於這裡。」

「我聽說白鳳凰被囚禁在池子裡。」

「現在只差一個願望他就能重獲自由，這也是我為什麼挑選這個時間點告訴你這些事的原因之一。」

宇潁知道自己別無選擇，為了變回人類，他會找到炎玉並且打碎它，但——

「祢身為鳳凰神主卻不曉得炎玉在哪？」

「很久之前的鳳凰神女因為害怕炎玉遭竊或被搶奪，就藏了起來。當時我剛好不在村子裡。」

聽起來真不負責任，他哼了哼，想到最後一個問題。「打碎炎玉不需要付任何代價吧？」

鳳凰神主回頭瞥他一眼。「**不必**。」接著振翅離去。

＊

午夜時分。

鳳曦村最優秀的狩獵隊伍，加上孟家三口——六個人影聚集在苑的大門前，一顆顆嵌在石牆上的螢石正散發出微弱的白光。風吹得枝葉沙沙作響，猶如在遠方招手的鬼影。然而，空氣依舊存在著悶熱的氣息，夏日總是如此。

「人都到齊了？」大隊長壓低聲音，燈籠鵝黃色的燈光照亮他一部分的臉龐。儘管是夏天，在場所有人仍穿著長袖。雖然布料無法有效防止雪怪造成的凍傷，但在被雪怪觸碰到後，至少可以稍微延長產生凍傷的時間。

「到齊了，隊長。」一名年輕的正式獵人說。

大隊長轉向孟湘的奶奶。「孟綾女士，現在出發？」

「沒問題。」

當孟湘的奶奶把最後一盞燈籠熄滅，即便有螢石的點點光芒，周遭的一切景物仍彷彿融入全然的黑暗之中。孟湘悄悄往奶奶的方向靠近，她突然覺得自己像是一隻被含在獵食者口中的獵物，即將遭到咀嚼吞噬。

他們一群人把螢石的白光作為指標，沿著苑的石牆前進，空氣中除了蟲鳴蛙叫以外，只剩下踏在石子地上的腳步聲。沒有人開口說話，也許是在緊張，也有可能是怕會吵醒附近的住家，但孟湘相信是前者。

不一會兒，他們全部停在燃燒著鳳凰之火的溝渠前。

「點燃你們每一個人的火炬。」大隊長下令，同時將自己的火炬探入面前的火牆。「孟蒔、孟湘，妳們兩個記著，在外面我的命令是第一優先順位，再來才是妳們的奶奶，另外嚴禁有人擅自脫隊，聽懂沒？」

「懂了。」孟蒔答得十分有精神，反觀孟湘卻是有氣無力。

孟湘凝睇火炬上的鳳凰之火，空著的那隻手按住自己的腹部，她緊張到腸胃絞緊，隱隱作嘔。三年前的那段記憶在她的腦中翻滾，好可怕、好可怕……

「待會假如不幸碰上三隻以上的雪怪，記得逃跑是第一選項，由我指揮決定逃跑的方向。」大隊長再次叮嚀。「如果只有兩隻以內，我們要試著活捉他們。」

「知道了。」孟蒔說。

「小湘，沒事吧？」奶奶擔心問。

孟湘一頓，發現大家都在看著自己，慌忙說：「沒事、沒事，我也知道了。」

孟蒔輕蔑地哼了一聲。

「專心點。」大隊長一臉嚴肅。「在外頭一不小心失神，是要以性命為代價，有可能是自己的性命，也可能是他人的性命。」

「對不起……」孟湘垂下頭，望著搖曳的火焰。

兩名正式的獵人手持火炬跨過熊熊燃燒的溝渠，鳳凰之火撫過他們的鞋底及褲管，沒有留下一絲焦痕。即便已經當了十幾年的鳳凰神女，孟湘對鳳凰之火的運作依然不甚了解，看來鳳凰之火雖然能燒毀非人的東西，卻似乎無法燒毀距離人體很接近的物體。

在溝渠的外圍，排列緊密的木樁和一扇木製柵門連接在一起，門的上頭拴了數條鐵鍊及三個大鎖，確定周遭沒有雪怪後，他們費力拆下鐵鍊，往外推開。

大隊長帶頭走出村子，奶奶和孟蒔跟在後頭，但孟湘動彈不得，她的腳開始顫抖，她殺過不少雪怪，但對他們的恐懼並沒有因此減少，尤其這裡距離三年前那場意外的發生地點並不遠。

好可怕。

可是她必須去。

她在內心反覆唸著自己立下的誓言——消滅所有雪怪，無論要用怎樣的手段、要付出怎樣的代價。

「快點過來。」大隊長說：「不要浪費大家的時間，我們的時間寶貴。」

沒事的，奶奶和孟蒔都在這裡。孟湘不停安撫自己，告訴自己，大家一定會平安回到村子。一定。

她跨過溝渠的瞬間，風捎來白鳳凰的聲音：「給我活著回來，不然我就毀了這座村子。」

「我會平安回來的，我發誓。」她悄聲說，顫抖的聲音混著一絲堅定。

孟湘曉得——白鳳凰的威脅是他獨特的關心方式，她也曉得——他給的關心沒有一次是為了她，而是為了另外一個她所不知道的她。孟湘發現自己忍不住嫉妒那個備受白鳳凰關心的另外一個自己。

將木門上的鐵鍊全部拴回去後，所有人立刻排好陣行，大隊長和孟蒔跑在最前頭，兩名正式的獵人跑在左右兩邊的斜後方，孟湘和奶奶則被保護在中間。

大隊長一手持火炬，另一手抽出長劍，撥弄著草叢，孟蒔模仿他的做法，尋找附近是否有雪怪留下的蹤跡。

「去雪怪留下痕跡的地方看看如何？也許能更快發現些什麼。」奶奶忽然提議。

「是指那幾棵被雪怪劃下刻痕的樹？」大隊長說。

「對，距離或許遠了點，但應該會比現在這樣毫無頭緒地亂找還要有效率。」

「有道理。」

為節省時間，他們決定以慢跑的方式前進。孟湘記起奶奶曾經跟她說過雪怪會使用器具的事情，壓低聲音問：「奶奶，真的已經確定雪怪會思考，會使用器具了？」

「八九不離十。」回答的是大隊長。「只有『雪怪會思考和使用器具』這個假設能完美解釋目前為止發現的所有跡象。」

孟湘看向奶奶，得到沉重的點頭回應。

不會思考的雪怪就已經夠可怕了，跟人類一樣會動腦的雪怪……她無法想像。

孟蒔也開始問起關於村外的森林和雪怪的事情，孟湘不再說話，而是專注於調整自己的呼吸，來配合步伐，小心地不要浪費任何一點力氣。

他們穿過層層的灌木林，經過一處狩獵隊建來充當臨時休憩處的簡陋木房，然後孟湘的眼角瞥見房內一抹不尋常的黑影，心臟因而強烈鼓動，她的五指扣緊火炬，逐漸感覺自己的掌心變得濕滑。

「有東西在裡面。」孟湘低聲說，天曉得雪怪的聽力還有沒有作用？也許木房裡的不是雪怪，但她無法保證，除非親自用雙眼去確認。

「去看看，假如在裡面的真的是雪怪，而且數量不超過兩隻，我們應該可以利用他們被關在木房裡的優勢順利圍捕，然後盡早回村子。等會由我來確認木房裡的目標，一發現是雪怪，我就會採取相應的行動，孟湘和孟綾女士負責掩護我以及提供照明，其餘的人負責警戒周遭，避免有其他雪怪突然冒出來攻擊我們的狀況發生。」

大家一致點頭，連孟湘也不例外。

所有人準備好後，大隊長擺出開始行動的手勢。他舉著長劍，踮起腳尖以流暢的步伐走到木房的窗邊，背貼著牆，頭朝窗內探去。火炬的光芒勉強可以映照出木房內部的物體輪廓。

孟湘屏息，希望這些光芒不會因此驚動雪怪。

她跟在奶奶後面小心移動，然後站定腳，離大隊長所在之處僅有五步之遙。她的視線左右飄移，難以集中在大隊長身上，附近任何一點風吹草動都在不斷分散她的注意力。

大隊長彎起左臂，伸出一根指頭，接著將左臂打直——指向木房的門。有雪怪在裡面。一隻。

他繞到木房的門邊，孟湘和奶奶緊跟在後。

經過窗戶的時候，孟湘壓低身體，忍不住偷瞄木房內一眼。木房內部的空間不大，約莫五個人坐在地上就會感到有些擁擠，牆角有一堆雜物，中央有一個人影背對窗戶——是雪怪，長頭髮的雪怪。她不禁在想，狩獵隊的獵人們在砍下昔日親友的腦袋時，到底是抱持著怎樣的心情？

忽然間，孟湘總覺得有哪裡不太對勁。她下意識用右手的食指與拇指摩娑手環上的羽毛，以減緩內心的焦慮與不安。到底是哪裡不太對勁？

大隊長收起長劍，放下被他弄熄的火炬，孟湘的奶奶立刻在他的頭上弄出一顆由鳳凰之火構成的小火球，提供照明。接下來，大隊長從身後的背包拿出特製的厚布手套戴上後，又取出一張大毯子和一條粗麻繩。

「這樣真的抓得到雪怪？」孟湘以氣音說，嚥了嚥口水。

「理論上沒問題，凡事總要有第一次才能知道會不會成功。」奶奶露出要她安心的微笑。

「可是……」她皺眉。還是有哪邊怪怪的，不太對勁。到底是哪裡？

不久前大隊長才說過，只有「雪怪會思考和使用器具」這個假設能完美解釋目前為止發現的所有跡象，言下之意不就是雪怪其實有自己的想法？

奶奶專注地操控火球提供光照，大隊長朝她點個頭後，快步衝進木房內。

剎那，孟湘知道哪裡不對勁了，依她以往獵殺雪怪的經驗，他們現在所處位置絕對是在那隻雪怪所能感知到的範圍內，然而雪怪卻沒有任何動作。

「不要進去！快出來！這是陷阱！」孟湘大叫，衝進木房。明明他們都已經懷疑雪怪會動腦思考，為什麼就沒有人想到他們現在要捕捉的雪怪也有會思考的可能性？

雪怪不會動腦，只是個憑本能行動的怪物，這個觀念已經深植人心太久太久了，久到難以在一時之間改變。

「小湘，回來！」奶奶在後方大喊。

孟湘手上的火炬照亮木房內部，大隊長仰躺在地，兩眼瞪得老大，無力掙扎，本來呆立在中央的雪怪將自己灰白的手貼在大隊長的裸露的頸部，貪婪地汲取人類的體溫。

想都沒想，孟湘擲出手裡的火炬，砸在雪怪披著散亂長髮的頭上，頭髮開始燃燒，雪怪沒有要掙扎的意思，木然的表情沒有絲毫改變，沒幾秒他就變成一團火球，燒到只剩下一團細灰。

火焰由木製地板往牆壁蔓延，乾燥的木造建築瞬間陷入火海。

孟湘一點也不緊張，鳳凰之火會讓人感覺到熱，但不會到燙的地步，更不會傷害到人類，再者鳳凰之火並不需要氧氣的助燃，也不會有窒息的危險。她跪到大隊長身邊，立刻利用自己體內的鳳凰之火來替他治療凍傷。奶奶說過，唯有剛從她們體內引導出來的鳳凰之火才有治療凍傷的效果。

幸好大隊長遭到雪怪汲取體溫的時間還算短暫，皮膚上的紅腫有消褪的趨勢，急促的呼吸也逐漸緩和。

「該死的雪怪。」大隊長坐起身，不願再接受孟湘的治療。

「你的凍傷還沒——」

他腳步不穩地站起。「那隻雪怪早就料到我會進來，躲在門邊，抓準我踏入的時機進行偷襲。」

孟湘愕然。

奶奶突然衝進來。「小湘，我們必須快點逃走！」

「發生了什麼事？」大隊長問。

「我們遭到雪怪包圍，目測約有十隻，這個數目太多，小蒔他們撐不了多久。」

這下，不需要更多的證據就已經能證明雪怪確確實實會思考、會合作，目前不曉得他們的智力如何，要是跟人類差不多，村子很快就會被摧毀的。

孟湘張著嘴，但說不出話。

「小心！」大隊長用力推了她一把，一截燃燒到一半的木梁塌在她原本站的位置。「我們先出去！注意頭頂！」

大隊長帶著孟湘的奶奶先跑出半毀的木房，孟湘狼狽起身，一隻強而有力的手猛然從後方竄出摀住她的口鼻，冷氣灌入她的鼻腔，頭一歪，她的眼前只剩一片黑暗。

＊

孟湘打了一個哆嗦，從黑暗中驚醒。

潮濕的泥巴氣味進入她的鼻腔，身下的觸感讓她知道自己正躺在樹葉堆上。

四周依然一片漆黑，在月光的輔助下，她勉強能看出自己的身邊坐著一個人，他的身形均勻，有著一頭令她感到熟悉的亂翹頭髮。宇潁？他怎麼會在這裡？

難不成……

和狩獵隊一起捕捉雪怪的記憶乍然回到她的腦中，她用手肘撐起身體，驚覺自己的兩隻手臂遭到綑綁。

奶奶！孟蒔！她張嘴，發現舌頭變得又冰又硬，完全不聽使喚，使她喊不出正確的發音，彷彿又回到過去牙牙學語的時刻。她……凍傷了？

寒意夾帶著懼意竄上她的背脊。多久了？她究竟凍傷多久了？必須快點用鳳凰之火治療……

「醒啦。」宇潁轉過頭，表情沒有一絲暖意。「我知道妳現在很驚慌，有很多問題想問。念在我們是青梅竹馬的情分上，我可以告訴妳，妳的猜測大部分都是正確的，我是雪怪的一份子，我利用妳得知你們打算出村子的確切時間點，好讓你們遇上我們的埋伏。」

不，不會的。孟湘搖頭，不斷搖頭，彷彿這樣就能把這段記憶搖掉。她所認識的宇潁絕對不是這種人。

「妳現在肯定很疑惑吧?假如我已經變成雪怪,為什麼鳳凰之火無法在我的身上點燃,沒有雪怪知道原因,但這卻是我會回到村子的原因。他們認為我的異常可以派上用場,也確實派上了用場。」宇潁完全不在乎孟湘有沒有在聽,自顧自地說著:「這三年,我曾有一度像大多數的雪怪一樣,只對人類的體溫有反應。

「然後,有一天,我想起自己的名字,想起自己是誰,我……想要回到村子,並付諸了行動,即便鳳凰之火燒不死我,仍令我畏懼不已,村外溝渠裡的火焰不斷提醒著我是雪怪的事實。我,是雪怪,是……雪怪,人人痛恨的雪怪。我很可怕,是吧?孟湘,就算是妳,也覺得我很恐怖吧?」他的語調平板,好像只是在把事先記好的台詞一字一句背出來。

宇潁!孟湘試著喊道,發出來的卻是「ㄩ-」的音,她又氣又惱,恨不得直接用鳳凰之火把自己手腕上的繩索燒斷。然而在完全不曉得附近有多少雪怪的情況下,她不敢這麼做。

「喔,對了,這裡是我們的大本營。」宇潁又說:「有房子和各式各樣的家具,妳看就知道,我們做的東西可不比你們差。啊,差點忘記在這麼暗的情況下妳幾乎看不見,沒關係,等妳澈底成為雪怪之後就不會有這個問題了。不用擔心,記憶絕對會慢慢找回來的,不只我,我們許許多多的同胞也已經漸漸找回以前的記憶。在十天後,我們會攻入村子,奪回屬於我們的東西,那不只是你們的家,也是我們。我們——是人類,不是怪物。」

瘋子,宇潁瘋了。孟湘壓下恐懼,不允許盈滿眼眶的淚水流出。她必須離開這裡去找奶奶他們,她必須離開、必須離開……她不會成為雪怪,她絕不要變成雪怪!

如星點般的鳳凰之火悄悄燒斷綑綁她的繩索,她顧不得附近究竟有沒有其他雪怪的存在,便想像火焰在自己和宇潁之間炸開。下一秒,想像成真。火光照亮四周,高聳的樹木將他們包圍,根本沒有宇潁剛才所說的房子和各式各樣的家具。

他在騙她。

孟湘轉身就跑，同時用左手摀住嘴巴，再一次點燃鳳凰之火，火焰的暖意驅走口腔內的寒意，她試著動舌，舌頭順利移動，恢復原先該有的柔軟。鳳凰神女的特殊體質讓她的凍傷復原得比預期還快上許多。

宇潁很快追上來。她的體能不佳，對這裡的環境又是全然的陌生，而且幾乎可以說是沒有在樹林裡逃命的經驗，在種種不利的情況下，她的長髮遭到捉住。她吃痛地叫了一聲，往前撲倒。她翻過身，滿臉驚恐面地對昔日的青梅竹馬，如今卻是即將取她性命的雪怪。

宇潁俯身接近。「想跑去哪？妳答應過，會殺……」他突然頓住，後退，拉開與孟湘的距離。「妳怕我？對……妳當然怕我。」他如大夢初醒般喃喃，眼底閃過受傷的情緒，然後轉身離去。

孟湘沒時間思索為什麼，她選擇宇潁離開的反方向拔腿狂奔，祈禱自己不會遇上任何雪怪。

天將破曉之時，孟湘累到再也跑不動，但她依然拖著沉重的腳步持續前行。每在村外多待一分鐘，遇上雪怪的可能性也就愈大，同時她也恐懼著，要是自己跑錯方向該怎麼辦？要是……

保護村子的木樁排列在她的眼前，溝渠裡的鳳凰之火依舊熊熊燃燒，她吸吸鼻子，喜悅的淚水滑下她的臉龐。她很快找到拴了數條鐵鍊與扣上三個大鎖的木製柵門。不知道奶奶和孟蒔是不是已經平安回到村子？

她來到柵門前，雙手搭上鐵鍊，沒有鑰匙的她根本無法進到村子，她的兩腿發軟，再也無力支撐身體的重量，跪坐到地面。

先休息一下，只要再等一會，屬於村裡最早起的一群人——務農的人就會出現。他們會發現她，然後協助她進村……

「妳還坐在那裡幹嘛？久違的出村子之後就愛上野外了？」

孟湘聞聲抬頭，空中那抹白色的身影瓦解掉她的堅強。好可怕、好可怕、好可怕……壓抑住的淚水瞬間不受控制地湧出眼眶。「白！」她忍不住爆哭，張開雙臂試著抓住降落到自己面前的白鳳凰，忘記在苑外頭的他不過是團沒有形體的風。

「省點眼淚吧。待會還有的妳哭。」白鳳凰直接用風將她托起，飛過木樁和溝渠。「妳的嘴凍傷？」

孟湘看見他的手指擦過自己的嘴唇，感受到一陣風撫過。

「嗯，但、但但現在沒事了。」她紅腫的雙眼止住淚，雙頰染上一層緋紅。「剛、剛剛你說的話是什麼意思？」

「哪句？」白鳳凰說。

「要、要我省點眼淚那句……」不祥的預感湧上她的心頭。

他意味深長地看了她一眼。「跟我來。」

＊

孟湘跟著白鳳凰，每踏出一步，腿部肌肉的疼痛都在加劇，她咬牙，試著逼退身體上的疲累感。

路上開始出現一些早起的農人，他們肩膀上扛著鋤頭，手提裝有肥料的水桶，前往田地。早點做完施肥、除草的工作，如此一來便能減少在太陽底下曝曬的時間。

一名頭戴斗笠的農人朝孟湘點頭打招呼，方形臉上出現的卻是不讚賞的神情。

她這才注意到自己看起來有多狼狽，衣服和褲子沾滿泥巴和草葉，頭髮糾結成一團，上頭也掛了不少葉子。她尷尬地回應農人的招呼，忍住開口解釋的衝動。

目前，似乎還沒有其他人知曉他們昨晚偷偷出村子捕捉雪怪的事情。

有兩種可能，一是其他人已經順利回到村子，二是他們根本沒有回來，也還沒有其他人注意到他們的失蹤。她衷心希望是前者。

離她愈來愈遠的白鳳凰回頭瞟了一眼，孟湘原本以為他會出聲斥責，要她走快一點，然而他沒有，反而吹起一陣風輕推她的後背，給予一點前進的動力。

孟湘微笑，因發現白鳳凰其實有著溫柔的一面而感到開心。

假如傳說是真的，那些鳳凰全都是笨蛋，他們怎麼會笨到把善解人意的白鳳凰囚禁起來？要不然就是這之中一定有什麼誤會發生。

「到了。」

「我家？」孟湘看著熟悉的建築問：「他們已經平安回來？」

「進去看看不就知道了？」白鳳凰的身影淡去，化作一陣風吹走。

懷著忐忑不安的心，孟湘將手放到門把上，往自己身體的方向一拉。

沒鎖，代表有人在家。白痴，她自嘲一笑，白鳳凰會特地叫她回來就表示一定有人在。

奇怪的是，她在客廳和廚房都沒有發現奶奶的身影，現在才四點多，孟蒔很可能又回去睡回籠覺，但奶奶……不可能啊，難道已經在進行淨心儀式？

儘管腳很痛，孟湘仍小跑步到祭拜堂，拉門上映照出的陰影顯現有一個人正跪在裡面。太好了，人在裡面。她放下懸著的心，雙腿再度癱軟，她讓背靠上階梯並坐到地上，闔眼休息。

拉門倏然開啟。

「奶——」她一睜眼，就見一個水桶從自己的頭頂上潑下水。糾結成一條又一條的濕濡頭髮掛在她的臉前，她用手背抹掉臉上的水。

潑水的不是奶奶，是孟蒔，她的面頰慘白，眼眶泛紅，雙眼射出憤恨的視線。「為什麼現在才回來！妳之前到底跑到哪裡去了！」她的聲音又尖又細，銳利的程度足以劃傷人。

「我被雪怪抓走，我——」

「奶奶死了！都是妳害的！為什麼那時妳不在她身邊？為什麼！如果妳當時在的話，就可以治療奶奶的凍傷了！」孟蒔看著自己不停顫抖的手掌，最後摀住臉痛哭。

省點眼淚吧。待會還有的妳哭。白鳳凰聲音在她的腦中響起。

「奶奶，死……了？」孟湘怔然。「騙人……」

她又沒有保護好自己所愛的人，先是爸爸、媽媽，再來是奶奶……她推開孟蒔，衝進祭拜堂內，祭祀台上的三根蠟燭只剩下一根仍在燃燒。地板上的長白布隆起成一個人躺著的形狀，她不顧對死者是否尊重，直接掀開。

奶奶闔著眼睛，雙手交疊在腹部，布滿皺紋的皮膚呈現不自然的灰白，那是只有在雪怪身上才會出現的顏色。她的頸子處有一圈黑色的縫線——是被砍斷之後再縫上的證明。

「不會的……奶奶、奶奶……」她抓住奶奶已經僵硬的手嘶喊著，哭得肝腸寸斷。

孟蒔走進來，又是以近乎尖叫的方式喊道：「我恨妳，恨死妳！害死了爸媽，現在換成奶奶！如果擁有鳳凰之力的是我，絕對不會讓這些事情發生！為什麼成為鳳凰神女的是妳這個一無是處的廢物！」

存在。廢物。一無是處。

孟湘的內心深處，有一部分澈底崩毀，永遠無法復原。

她的腦中突然自動播放起白鳳凰曾經對她說過的話——

……我記得有一次，雪怪大舉入侵村子，死了一堆人類，其中包括所有現存的鳳凰神女，當時孟家幸運有個倖存的女嬰，當天晚上鳳凰之力便自動轉移到她的體內。

「都是我的錯……」她喃喃。

假如她沒有把他們要出村子的事情告訴宇潁，假如她沒有那麼輕易就被宇潁抓走，也許奶奶就不會死了。

「都是我的錯。」她不再哭泣，抬起頭對著雙胞胎妹妹說：「對不起，孟蒔，妳說的對，我根本不配當鳳凰神女，也當不成稱職的姊姊，我是個不應該存在的廢物。」她拉起唇角，印出一個淒涼的笑，起身離開。

打從知道鳳凰之力的轉移方法開始，她就該這麼做了。自己真是沒用。

她走往後門，拆下奶奶用來掛衣架的繩索，然後回到房間，

膽小、遲鈍、愚笨、人見人厭、什麼事情都做不好，集所有缺點於一身的她……

她的出生從最根本來看就是一項天大的錯誤。

不能再繼續錯下去。

她站上木桌，將手中的繩索圈起打結，找了一根靠近屋頂的梁柱掛上。

她的誕生——這個爸爸、媽媽所犯下的錯誤就由她自己來終結。

她把頭通過繩環，屏息，從木桌上跳下。

*

本以為發洩完自己的怨氣，心情會好一點，結果卻變得更加惡劣。

孟蒔低聲咒罵，淚水又湧了上來，她凝睇著奶奶的容顏，即使已經失去生命，她的表情依然是如此的祥和，一如生前的大多時候。

「對不起，奶奶。」她開始啜泣。「要是我有力量救妳就好了。」

哭了一陣，她起身，將白布蓋回奶奶的遺體上。她還想再多待在奶奶的身邊，但強烈的責任感迫使她提起精神，她必須回房間準備一下，然後到苑上課。

「奶奶，我傍晚再來。」她低語，走出祭拜堂，使拉門在自己的身後關上。

今天晚上是她能夠陪伴奶奶的最後時光，雖然受到凍傷的屍體並不會那麼快腐敗，但大隊長特別要求要在明天清晨下葬，並且向村民們宣布這個不幸的消息。

她深吸氣，內心的哀傷依舊令她窒息。

「從以前就這麼覺得了，作為妳姊姊的孟湘真是悲慘呢。」陌生的聲音由空中的某處傳來。

一陣怪風吹上孟蒔的臉，頓時她的頭髮成了張牙舞爪的怪物，相互糾纏打架，她拚命想抓住自己的頭髮，但只是徒勞，整頭長髮最後纏得一團亂。

「是誰？誰在那裡？」她的聲音隱隱顫抖。

「妳說呢？妳小時候不是一直渴望能親口跟我說話？」

「白鳳……凰？」難道連她也出現幻聽的症狀？用力甩頭，她可不想像孟湘一樣發瘋，會對著空氣自言自語。白鳳凰只是傳說，現在的她絕對不會再像小時候一樣天真到以為傳說確實存在。

「妳現在肯定在想自己是不是幻聽，要發瘋了吧？妳沒瘋哦，妳的姊姊也沒瘋，因為自己看不見就否定我的存在，你們人類的這種做法真是可笑，不論你們怎麼去否定，我也不會因此消失，就像——」白鳳凰冷笑一聲，繼續說：「妳不斷否定孟湘的優秀，妳也不會因此變得比她厲害。可悲的傢伙，把自己的無能遷怒於他人——」

「夠了！閉嘴！」孟蒔捏起拳頭。第一次，內心的醜陋面遭到血淋淋地刨開，這令她又氣又難堪。最讓她痛苦的是，她完全無法反駁。

「妳叫我閉嘴我就閉嘴？想笑死誰？祂天神的妳給我聽好，孟湘很喜歡妳，愛護妳，把妳視為自己最珍視的妹妹，不管得到什麼重要的東西，第一個想到要分享的人就是妳，因為妳，她不惜委屈自己，犧牲自己也希望妳開心……」

孟蒔摀住耳朵，試圖阻擋白鳳凰的說話聲，然而他的聲音就像是風能穿透最細微的縫隙，根本擋不住。

她知道，這些她當然比誰都更清楚，孟湘對她的好幾乎已經達到無私的地步，而她就是利用這一點，要自己的姊姊替她做各種事情，孟湘愈是寵她，她就愈變本加厲。

她喜歡受人注意、遭人捧在手心的感覺，每一個人都說她很優秀，然而一提到孟湘，她的優秀卻又變得微不足道，不論做再多的努力，她永遠比不上自己的姊姊。明明出生的時間才相差短短的十秒鐘，孟湘與她之間的距離卻遠到難以企及。她不服，非常不服！

就在她被自己的自卑感壓到快要喘不過氣的時候，她開始否定孟湘，藉由否定，她發覺自己可以從中得到慰藉，得到一絲絲的優越感。這些優越感如同會讓人上癮的菸草，愈是嘗試，就愈無法克制自己對它的慾望。

她喜歡自己的姊姊，同時卻又痛恨不已。

孟湘的存在，迫使她必須正視自己醜陋不堪的那一面。

「依我來看，真正該消失的人是妳。」白鳳凰最後下了這麼一個結論。「這就是我不曾出現在妳眼前的原因，與妳的體內有沒有鳳凰之力無關。」

「為什麼要特地來告訴我這些？是想嘲笑我？」孟蒔自暴自棄地說：「你成功了！美中不足的是你沒有找孟湘一起來這裡數落我！」

「妳真是無可救藥啊，人類。」白鳳凰的口氣不佳，貌似正在隱忍怒意。「依照孟湘那莫名其妙的性格，絕對會很白痴地站在妳那邊，袒護妳。我幹嘛要沒事自找麻煩？」

＊

沒有任何原因，孟湘就是認為自己正飄浮著。

她正處於五官全失的狀態下，奇特的是她並沒有感到一絲恐懼，反而體會到前所未有的平靜。

原來她已經死了啊。

死後世界就是「無」。

至少她是這麼認為的。

她一直認為人死後身體會化為塵土，升天的靈魂最終會化為虛無，什麼也不剩，唯有透過他人的記憶才能證明一個人曾經確確實實地存在過。

但她很快察覺到矛盾之處。假如升天的靈魂會化為虛無，那自己現在怎麼還會有思想存在？那麼……她大概是下地獄了……

有什麼東西輕觸她的意識，不久前的記憶翩然閃爍，接著「唰」地回到她的腦中，就像是有人在漆黑的房間裡點了一盞明燈，迫使她看見自己不想看見的東西。孟湘悲從中來，她真希望自己已經死了，也許這樣就不會再感到難過。奶奶死去的這個事實帶給她的陰影永遠不會褪去，就如同三年前的悲劇——如影隨形的夢魘。

「妳會走出去這場夢魘的。」一道清脆的聲音說：「我深信著。」

聽力恢復了？剛才的聲音是孟蒔？

毫無道理的，孟湘感覺自己在虛無之間張望。她和孟蒔的音色幾乎差不多，不細聽的話根本分不出差異，既然她沒有說話，那出聲音的人必定是孟蒔。但孟蒔不應該出現在這裡，她是新一任的鳳凰神女，必須肩負起從雪怪手中拯救村莊的大任，她不能出現在這裡，她不能死！

「妳搞錯了，我不是孟蒔哦。」

孟湘一驚，難道對方讀得到她內心的想法？

「可以這麼說，但也不太對。我就是妳，所以我當然可以知道自己——也就是妳的心裡在想什麼。」

妳就是我？孟湘還是不太能理解，內心卻隱隱有了答案。

「為了避免混淆，我自稱為湘，希望妳不要介意。但妳應該已經察覺到了，自己的記憶並不完整，所以才會產生白鳳凰認識妳，妳卻不知道白鳳凰的情況。」

我不明白，我……

「妳當然明白。」湘輕笑。「只是妳假裝自己不明白而已，假裝、假裝，不停地假裝，最後信以為真，可是事實並不會因為妳的假裝而有所改變，我依然是妳的一部分。」

我才沒有！孟湘下意識反駁。

「妳看，又來了。」儘管自己不停地被否定，聲音的主人依舊沒有表現出任何的不滿，只是溫和地陳述事實。「一直以來，我都包容著妳的一切，就連妳死命否定自己這件事我也全然地接受，因為妳就是我，我就是妳。可是唯獨自殺這點讓我無法如往常一樣包容妳，因為我不想死，我想活下去，我想再見到白丹，喔，白丹是白鳳凰真正的名字，他很討厭自己的名字，所以儘量不要這麼叫他。」

孟湘感到一陣妒嫉，白鳳凰從來沒有親口告訴過她自己的名字。

「有什麼好妒嫉的？妳就是我，我就是妳。」湘的聲音聽起來相當愉悅。「我已經想通了，我不想再作為被妳否定的那個部分，我想要妳接納我——接納原本的自己，如果妳還是無法接受，我會選擇消失。」

孟湘愣住。妳不是不想死？

「我不會死，雖然見不到白丹，但我會永遠活在他的心中，也會永遠活在妳和孟蒔的心中。如何？妳願意接受我嗎？還是決定繼續否定我？」

如果接受妳，我會變成怎麼樣？孟蒔她會不會——

「妳會變回妳原本該有的樣子。用不著在意孟蒔，不管我們怎麼做，孟蒔都不可能會喜歡我們，這點妳很清楚。」

湘……？

「是！」她很有精神地答道。

我……

「任何愧疚的道歉就免了，我只要妳記得一點，就算妳選擇否定我也沒關係，我會接受，因為我就是妳，妳就是我。我希望妳我都能開心，所以做出選擇，別再管那他媽的孟蒔了。」

喂！我不准妳罵孟蒔！

「這是妳自己心中的想法哦，我說過，妳就是我，我就是妳。我會這麼想，就是因為妳的腦中本身就存有這種想法，想一想，妳真的甘願繼續被孟蒔踩在腳下蹂躪？」

甘願嗎？孟湘遲疑了。

過去被孟蒔羞辱、貶低的種種畫面霎時全部回到她的腦中。既痛苦又不堪。

妳是姊姊，做任何事之前要多替妹妹著想。媽媽總是這麼叮嚀，若沒有這番叮嚀……

她赫然發現自己會如此的愛護孟蒔絕大部分是因為她不想讓媽媽和奶奶失望，原來她並沒有自己以為的那樣喜歡孟蒔，甚至有一部分的她是痛恨著自己的雙胞胎妹妹，然而她卻把那一部分的自己否定，造就了湘的存在。

「答案很明顯吧？」湘說。

我……

我想活下去。

頃刻，虛無的空間彷彿遭到撕裂、粉碎，一位與自己長得一模一樣的女孩正站在孟湘面前，漾著甜甜的笑容。

「謝謝妳選擇做妳自己，白一定也會很高興。」

湘張開雙臂，毫無保留地擁抱孟湘，下一秒湘的身影化成一顆光球，融入孟湘的胸口，回到她本該存在的位置。

這一個瞬間，孟湘找回真正的自己，再也不必委屈求全成為別人眼中希望的模樣。

第八章

誰說悲傷時一定要哭

孟湘醒來，映入眼簾的是再熟悉不過的天花板，她起身，頸子接近下巴的位置傳來一陣痛楚，大概是上吊的過程中皮膚和繩索摩擦出了傷口。

她拾起遭人割斷的繩索，正疑惑是誰救了自己一命時，狂風直接撞上她的臉。她瞇起眼睛，抬起手臂試圖抵禦強風。模糊的視野裡，她看見一團白色的影子。

是白鳳凰。

「我說過妳是我的東西，誰准妳擅自去死的？」

白鳳凰的咆哮隨風灌進她的耳裡，隆隆作響。

「我這不是還活著嗎？」孟湘用力大喊，但她連自己的聲音都聽不見。

「妳這個膽小鬼，要不是我救了妳，妳早就死了！」

她放棄用音量跟白鳳凰較勁，反正只要他聽得見就好。「那可不一定，我的體內有鳳凰之力，沒那麼容易死，記得嗎？」

「那個老太婆還不是死了。」

孟湘陰著臉，隱忍著悲傷。「不准罵我的奶奶。」

狂風驟然止息，白鳳凰降落到地面，瞇起漂亮的眼睛。「妳敢兇我？」

「我都不怕死了，為什麼不敢兇你？」

「妳……是孟湘吧？」

「當然是啊，我是不折不扣的孟湘。你沒聽說過這種例子嗎？有人歷經生死關頭，在醒來之後性格大變，不過……」孟湘若有所思地說：「我的情況應該又有點不太一樣。」

白鳳凰皺眉，擺明不信。

孟湘沒理他，走到桌子邊的衣服堆前，隨意選了套衣物。「有什麼話晚點再說，我要先把這一身髒污洗乾淨。」

房間的拉門突然開啟，孟蒔出現在門口，她瞥了一眼地上斷裂的繩索，然後視線鎖定在孟湘頸子處的紅色痕跡。

「妳打算自殺？」她激動質問。

孟湘轉頭對白鳳凰投以斥責的眼神，白鳳凰聳聳肩，然後她重新和自己的妹妹對上視線。「是啊，我不久前在嘗試要達成妳的心願，讓自己從這個世界消失，不過就現在我還站在這裡來看，嗯，我失敗了。」

「妳──」

孟湘揮手打斷自己妹妹的發言。「好啦，再多說什麼也沒用，反正我已經想通了，我不會為妳而死。就這樣。」經過孟蒔旁邊的時候，她順手拍了一下妹妹的肩膀。

「不要碰我！」孟蒔尖叫。

孟湘燦爛一笑。「抱歉呢，習慣動作，放心，從現在開始我不會再碰到妳一根頭髮。」

＊

洗完澡後，孟湘感到渾身舒暢，她在自己的房間躺成大字形，白鳳凰不發一語地飄浮在她的旁邊。

「幹嘛一直盯著我看？」孟湘問。

「妳很奇怪。」

「這句話你之前就說過了，我的奇怪又不是這一兩天才發生的事情。」

「妳為什麼突然不再順從孟蒔？」

「因為我累了，在自殺的那個瞬間，我發現自己根本不想死。」她閉上眼睛，沉默了幾分鐘後又開口：「妳是姊姊，做任何事之前要多替妹妹著想。這句話媽媽以前常常對我說，我也因為自己是姊姊能照顧妹妹而感到驕傲，可是我累了，既然孟蒔不認我這個姊姊，我又何必自討苦吃？」

「妳真該早點自殺。」

「哈哈哈，我也這麼覺得。」她斂起笑容。「也許這樣就不會痛苦那麼久了。」

白鳳凰蹙額。「妳是不是想起以前的記憶……」

「啊！我還得去找大隊長！」孟湘突然大喊，彈起身，手抱住膝蓋坐著，她轉頭看向白鳳凰說：「你剛剛說了什麼？」

「……沒什麼。」

「有什麼話都可以跟我說唷。」她微笑。「你的話我永遠願意聽。」

然而這番話卻使白鳳凰的眉頭皺得更深了。

知道白鳳凰飛在自己的身後，孟湘哼著小調，邊走邊跳，這個情景讓她回想起自己小時候時常衝在前頭，而白鳳凰幾乎每次都會跟在她的後面，確保她不會因為調皮搗蛋而害死自己。

「搞不懂妳在開心什麼？」白鳳凰說。

「我自己也不太明白，嘿嘿。」

「我還以為妳會因為那個老太婆死掉，從此一蹶不振。」

孟湘突然停下腳步，白鳳凰來不及停下而超過她。

「雖然看不出來，但我很難過，非常難過。」孟湘抿了抿嘴唇。「但誰說悲傷的時候一定要哭？之前的我已經把這輩子的眼淚差不多都流光了，而且奶奶絕對不希望我整天哭哭啼啼，我不想再讓她擔心，我該振作，繼續前進，保護她愛的村子。」

「很不像是妳會說的話。」

「是啊，以前那個總是裹足不前的孟湘已經上吊死了。」她再度邁開步伐，抱著堅定的決心。

她要弄清楚在她被宇潁綁架的期間究竟發生什麼事，依孟蒔那拗到不行的脾氣百分之百不會告訴她，所以她必須找其他人，大隊長應該不會拒絕，即使拒絕，她也有讓他一五一十招來的辦法——宇潁是雪怪一份子的消息，大隊長肯定不會想要錯過。

孟湘朝南邊，沿著路邊的圍籬走，一隻雞突然從一戶人家裡衝出來，撞上她。

原來你跑去殘害其他人了啊，她心想。有了先前抓咕嚕的經驗，她不費吹灰之力就逮住牠。正當她打算趁這個難得的機會報先前的一箭之仇時，感覺到有人抱住自己的大腿，她低頭，對上一雙淚汪汪的大眼。

「不要欺負人家的小紅紋。」小女孩焦急地幾乎要哭了出來。

被孟湘捉住的雞瘋狂掙扎，似乎真的很害怕，以往的從容半點不剩。

「那只是一隻普通的雞。」白鳳凰涼涼地說。

孟湘仔細一看，真的發現這隻雞和咕嚕的花紋不太一樣。她放鬆手中的力道，把雞放到小女孩的懷中，露出親切的笑容。「抱歉呢，大姊姊認錯雞了。」

「大姊姊也有養雞嗎？」小女孩的雙眼突然亮了起來。

「算是吧，不過祂現在正在離家出走。」

「大姊姊又欺負牠嗎？」

孟湘的嘴角抽搐一下，她才是那個被欺負的人好嗎？

「祂只是在家裡待膩了，想出去溜達溜達。」

小女孩低頭看了一下懷中的雞，說：「原來你也是在家裡待膩了，所以才偷跑啊。」她又抬起小臉蛋。「那大姊姊的雞會回來嗎？」

「當然。」話一出口，孟湘自己都很詫異，她會想見到那隻臭雞才有鬼，不過為了安撫小女孩，她又說：「就算是動物，在外久了還是會回到自己家，所以不用擔心。」

跟小女孩道別後，白鳳凰降落至地面，與孟湘並肩而行。

「妳剛剛的話是認真的？」

「哪句話？」

「就算是動物，在外久了還是會回到自己家。」

「認真的啊，在外久了，任誰都會想回家的吧？」

「我就不會。」

孟湘轉頭看他。「但我會。」

「妳又沒離家過。」

「你也沒離家過啊。」她笑了，笑意卻隨即淡去，因為白鳳凰沉鬱的眼神絞痛了她的內心。那一段傳說背後的沉痛故事，連他唯一願意敞開心胸的湘也一無所知。

抵達苑的大門，坐在亭子裡的守衛一見到孟湘，便走過來開門，口氣不善。「都已經下午了，妳覺得妳現在來有意義嗎？」

「你以為我想來？要不是有事情要找大隊長，我根本不想經過這裡，看見你的嘴臉。」孟湘朝傻住的守衛扮了一個鬼臉，直接走進苑內。

夏日的午後依舊炎熱，蔚藍的天空沒有半朵白雲。從自家到苑的距離不遠，卻足以讓人滿身大汗，孟湘抹去額頭上的汗珠，看來回去之後還得再洗一次澡。

他們走到一棟狹長的建築物前，門的上頭掛有一塊匾額，寫著「保衛鄉梓」，門口的兩旁各立了一把未出鞘的劍。劍代表著勇敢與守護，是每一位獵人引以為傲的象徵。

這裡是未出任務的獵人所待命的地方，孟湘只和奶奶進去過一次，那次的目的是為了要讓所有的獵人們認識她這位新任鳳凰神女。她很討厭當時那種遭人審視的感覺，但她別無選擇。

她走過沒有拉上的木門，裡頭正在休息閒聊的獵人們一見到她全露出不可思議的表情。她沒理他們，隨便選定一位留著一圈濃密鬍子的男人問：「大隊長在嗎？」

「不在，他和妳的奶奶在談正事，不過……看這個時間應該快回來了。」

孟湘緩緩點頭，轉身走出建築，坐在門外的其中一把劍旁邊。白鳳凰站在一旁，沉默不語，隨後飛上天離去。

她知道那是大隊長為了不讓大家發現奶奶已經死去的謊言，但她就是覺得不太開心。

「妳什麼時候回來的？」

孟湘抬頭，大隊長走來，臉色極差，不過表情明顯鬆了一口氣。

「今天清晨。」孟湘拍拍屁股起身，走到建築物內的獵人們聽不見的範圍才又繼續說：「我大概是走了狗屎運，才沒有變成雪怪。」

「那時在木房裡發生了什麼？」

「我被雪怪凍昏擄走，然後我幸運逃走。你們呢？為什麼奶奶那時會出事？」

大隊長神情沉痛，他的手擺到腰側的劍上，握緊劍柄。「孟綾女士的事我很遺憾，那時我們遭到十幾隻的雪怪攻擊，孟綾女士為了救大家，衝入雪怪中燒死他們，結果得到嚴重的凍傷，然後……」

你就砍下了她的腦袋。孟湘心想。她可以看見大隊長單隻眼睛裡的罪惡感。

「該自責的人是我不是你。」

大隊長低吼。「我的職責是要保護妳和孟綾女士的安全，結果我一個都沒有保護好。」

「宇潁失蹤了對不對？」她帶離這個話題，她來這裡不是要跟大隊長爭論究竟是誰要為奶奶的死負責任。

「妳怎麼知道？」大隊長十分訝異。

「抓走我的那個雪怪就是宇潁。說到底，這次的任務會失敗全是我的錯，因為我把出村子的時間點告訴了宇潁。」

「妳說宇穎是雪怪？鳳凰之火根本傷不了他！」

「我以我的性命發誓自己所言屬實。他甚至跟我透露十天後雪怪要攻入村子。」

大隊長不敢相信，搖頭。「這不合邏輯，假如他是雪怪，告訴妳這件事對他而言根本沒有半點好處。」

孟湘懷著希望說：「也許他身為人的良知尚未完全失去。我們必需要阻止雪怪入侵，不管十天後他們是不是真的會發動攻擊，我們都要做準備。」

「我知道了。今天晚上我會先擬定一些策略，明天早上我會向大家宣布孟綾女士以及雪怪的消息。」

孟湘點點頭，要離開時，大隊長忽然又叫住她。

「妳沒事吧？」

「我看起來像是有事？」她回頭反問，語調微揚。

「妳變得不太一樣。」

「奶奶都已經離開，我總不能永遠畏畏縮縮，當個大家瞧不起的鳳凰神女，這樣我要怎麼保護這個奶奶所愛的村子？」

「我原本還很擔心妳會走不出傷痛，現在很高興妳長大了。」

孟湘笑了笑，點頭之後離開。某一部分的她很開心能找回真正的自己，然而另外一部分的她卻對必須靠奶奶的死才能成長的自己痛恨不已。

＊

年邁鳳凰神女過世的消息震驚整座鳳曦村，搞得人心惶惶，緊接著大隊長又馬上宣布雪怪即將在十天之內攻擊村莊，這個舉動無疑對村子的緊繃狀況雪上加霜，但他卻不得不這麼做。

他們所剩的時間已經不多了。

孟湘側躺在鳳凰池邊，面對在陽光照射下閃閃發亮的鐵絲網，如此華而不實的牢籠竟然能將白鳳凰困了千年之久，這背後鐵定有什麼祕密。她伸手觸碰鐵絲網，上頭的倒鉤刺立刻在她的指頭劃出一道傷口，一顆圓潤的血珠由倒鉤刺的尖端滴下，她不禁看得入迷。

「其他人類正在努力掙扎，妳卻在這裡納涼？」白鳳凰突然出現在她的身後。

孟湘翻過身，坐起。「我的出現只會害他們分心，要讓所有人在短時間對我改觀根本不可能，雪怪的事情也是因為有大隊長和兩位隊長的再三保證，大家才願意相信，由我來說肯定會被當成瘋言瘋語。」她聳聳肩，接受自己被人視為異類的事實。「這座村子怕我、討厭我，但它需要我。」

白鳳凰瞇眼凝視她良久，眼神黯淡，他忽然低語：「符合大多數者，為正常，不符合大多數者，為異常。多數排擠少數，同類恐懼異類，在大家還需要你的時候，會勉為其難接受，一旦沒了被利用的價值，就只剩下被拋棄或摧毀的命運。妳我都一樣。」

「喂，白。」孟湘察覺到異樣，喚回他的注意力，然後她再也按捺不住自己的好奇心，忍不住問：「你可以告訴我為什麼鳳凰們要把你關在這裡嗎？真的就像傳說描述的那樣，你因為調皮搗蛋替鳳凰族帶來毀滅性的災難？」

白鳳凰冷冷瞟她一眼，目光移到波光粼粼的水面，佇立良久，都沒有要開口的意思。

就在孟湘以為自己永遠得不到答案的時候，白鳳凰開始說話，他依然盯著水面，像在自言自語：「我以為自己和大家是一樣的……」

「什麼？」

「火，是鳳凰的本質，然而我的本質卻是風。我以為自己與大家並無不同……」白鳳凰稍微拖長尾音，停頓一會又說，聲音飄忽。「每年寒冬之時，是鳳凰新生的時節，幼雛不耐寒冷，因此鳳凰族習慣將雛鳥們聚集起來，點燃火焰替他們保暖，當時我還小，雖不是剛出生的雛鳥卻仍待在雛鳥的巢中。

「我只是想要幫忙，因為那天晚上真的很冷，我被冷醒，在大家熟睡的狀況下，我模仿起其他的鳳凰第一次使用自己的力量，卻颳起劇烈的強風，鳥巢翻覆，雛鳥們被迫在寒冷的狂風中起飛，即便是一出生就會飛的鳳凰，在那樣惡劣的情況下依然全部摔死，因為我的風吹熄了他們身上的火焰。」

「你不是故意的。」孟湘靠近他，握住他顫抖的手。

白鳳凰立刻抽開，他的臉龐混著憤怒與遭受背叛的痛苦。「不管是不是故意，這就是事實。他們怕我，因為我的力量足以吹熄鳳凰之火，我是不祥的汙穢之物，是異類。」

「才不是！」孟湘在他的面前點燃鳳凰之火，接著手一翻使掌心朝下，火焰落至地面的瞬間開始吞噬茂密的雜草。「鳳凰族全是不知福的笨蛋，太強的風確實會吹熄火焰，但適度的風能助長火勢。你是個祝福，不是不幸的詛咒，這點我可以保證。」

一陣薰風吹來，颳走部分濃煙的同時，火焰蔓延的速度瞬間加劇，白鳳凰神情複雜望著搖曳的火光。

孟湘趕緊在失控之前熄滅鳳凰之火，留下一片不算小的焦痕。「看到了沒？風不是每次都會把火吹熄。」

白鳳凰抬起一邊眉毛。「妳用這種蹩腳的方式就想安慰我？」

「實際操作之後證明我的方法是有效的。」孟湘比了比白鳳凰的臉，再指著自己的唇角，壞壞一笑。

白鳳凰一臉莫名其妙，直到他的手指按上自己的嘴角——他立刻垮下臉，別過頭。「她是孟湘，不是湘。」他喃喃自語，聲音微不可聞，身影如溶於水中的墨汁般消失於暖風之中。

孟湘止不住心中滿溢出來的喜悅咧嘴笑。這是個好跡象，也許只有一點點，但白鳳凰願意對她敞開心房。她跳了起來，顧不得白鳳凰可能正躲在鳳凰池的某處偷看，開心地轉圈。

正午的鐘聲響起，她停下動作，想起大隊長要她在午飯時刻去找他。

「白，再見啦。」

她快步踩過燒焦的草地，拐彎的時候順手撫過禁止進入告示牌的頂面，非意料之內出現的人影嚇得她發出驚呼，雖然及時往外跨步閃過坐在地上的人，但她還是踢倒了一個裝有八分滿水的小木筒，青綠色的小草瞬間被染得烏黑。

「抱歉。」孟湘扶正木筒，幸好這些洗筆水沒有因此污染到畫作。她有點意外會在這裡見到許渺曉。

「妳跟白鳳凰很要好？」

「妳說呢？」她低頭俯視許渺曉的畫作，發現畫紙上的圖有別於以往的高雅美麗，這幅圖的線條雜亂，有多處暈染開的痕跡，反映出繪圖者的猶疑不決。「妳在畫鳳凰？」

「妳說呢？」許渺曉故意把話原封不動還回去。

「村子都要毀滅了，妳還有閒情逸致畫圖？」

「妳不也一樣，還有閒情逸致對著鳳凰池發呆。」

「那是我目前能做的事情之一，不要去打擾大家練劍。」孟湘聳聳肩。

「畫圖是我唯一能做的事情。」許渺曉盯著畫紙說：「就算我成功讓那些欺負我的人死去，從中得到的快樂依舊不比完成一幅畫來的多，而且畫到這輩子不能再畫為止是我的夢想，同時也是我父親的，所以哪邊涼快就滾去哪邊，別煩我。」

孟湘翻白眼。這傢伙果然非常討人厭。

許渺曉拿起擺在身後的水壺，往木筒裡倒水。「不過，妳變了。妳的奶奶不是死了？妳看起來一點都不難過。」

「最近每個看到我的人都這麼說。」孟湘輕笑。「回答妳剛剛的問題，我是見過白鳳凰，但沒看過他的真身，所以幫不了妳。」

「哼。」許渺曉繼續埋頭作畫，布滿痘疤的臉揚起一抹不太悅目的笑容。

*

大隊長的私人休息室裡陳列著各式各樣的動物標本，大至掛在牆面上的黑熊頭顱，小至擺在木櫃裡的鳥類標本，空氣中充斥著一股防腐藥物的氣味，孟湘皺起鼻子。

她的視線大致掃過整個空間，在牆上瞥見一幅女人的畫像，她很意外大隊長也會用圖畫來作為擺設。畫中的女人臉小小的，笑起來模樣甜美可愛，也許是大隊長的女兒？

留意到孟湘正在看著畫像，大隊長說：「她很漂亮吧？是我的未婚妻。」

察覺對方眼底的黯淡，孟湘點點頭，把大隊長的注意力由畫上引開。「你要給我看的地圖在哪裡？」

他走到攤著一張地圖的書桌前，指著地圖上一個丘壑的圖形——與代表鳳曦村的圖形緊連在一起。「這裡曾經是一百多年前的村民們在雪怪入侵時用的藏身處，妳到這個地方查看，也許現在還能使用。需不需要帶幾個人跟妳一起？」

「不用，你把人留著訓練村民，目前訓練的效果如何？」

「不太好，大部分的人連握劍都有問題，我在想讓他們拿火炬或許會比較好。」

「火炬有可能會熄滅。」

「我知道，總之我會再和其他的隊長討論，還有我打算臨時搭建幾座哨塔，用來觀察雪怪的動向。調查藏身處的任務就先交給妳，等到傍晚的訓練結束後再向我報告。」

哨塔，好主意，能先發現雪怪的蹤影，就能提早一步做準備。孟湘點頭，猶豫一會問：「那個……孟蒔她的狀況還好嗎？」

大隊長嘆氣。「她一副心事重重的模樣，對誰都不肯吐露。目前我安排她負責示範揮劍的各種動作，狀況應該還好。」

「可以的話我希望你能幫我多留意她，她是我僅存的家人。」

「妳是個好姊姊。」大隊長拍拍她的肩膀。

一股酸楚驀然湧上她的鼻頭，她真的能算是一個好姊姊嗎？要是孟蒔也能這麼覺得就好了。就算她們姊妹的關係早已決裂，孟湘依舊無法輕易放下這份手足之情。她希望自己的妹妹過得好，過得快樂。

「我量力而為，現在最重要的是保住村子。」

孟湘小心地藏起翻湧的情緒，再次點頭。「我待會就出發，晚點見。」

她走出獵人們平時所待的建築，低頭思索自己該不該先回家一趟，沒注意到有一個人正朝自己跑來。

「孟湘！」陳桂榆張開雙臂環過她的頸子，緊緊抱住她。「想哭就好好大哭一場，我會陪妳。」

孟湘突然覺得自己快要窒息，她拍拍陳桂榆的手臂，艱難地開口：「先……放開……我……」

「啊，抱歉。」好友放開她的頸子，但雙手仍抓著她的肩膀。「妳已經開始替獵人們做事了？就像妳的奶奶一樣？」

「我不是在替他們做事，我只是在做我自己想做的事情。」

陳桂榆的臉上掛著一個大大的笑容。「很開心看到妳找回自己。」

孟湘一愣，以為陳桂榆知道她失憶的事。她不禁問：「找回自己是什麼意思？」

「妳是在救了我一命之後才認識我，但我從小就知道妳。以前的妳總是很有活力，做事都不會顧慮太多，每次都能將事情完美地達成，我最喜歡那時候的妳。後來看妳因為失去父母，也因為孟蒔而變得沉鬱，我一直很擔心。」陳桂榆突然再一次抱住她。「昨天一得知孟綾奶奶過世的消息，我好害怕妳會因為受到太大的打擊而做出傻事，還好沒有。」說著說著，她竟然哭了起來。

傻事早就已經做完了。孟湘沒說出口，她反過來安慰自己的好友，然後發現才經過一個上午的練劍，好友的手上已經布滿好幾顆水泡。

曾經差點被雪怪奪去性命，如今卻又要再次面臨雪怪的威脅，陳桂榆鐵定很害怕吧？明明自己正因為雪怪即將入侵村子而害怕不已，卻還特地跑來關心她，像個傻瓜一樣，可是能夠像這樣被一個人如此惦念，孟湘真的很高興。

她學陳桂榆剛才那樣張開雙臂，環過好朋友的頸子，這是她在雙親過世之後，第一次主動擁抱一個人。

「一切都會沒事，我保證。」

*

想來想去，孟湘最後只帶了一把被臨時分配到的長劍就朝大隊長指定的位置出發。她走離居住區，田野邊的野薑花乘著風輕輕搖擺，悠悠地散出清香。

「妳要去哪裡？」無形的風化為一個人類的樣貌，白鳳凰憑空出現在孟湘的身邊。

「探勘。假如雪怪真的攻進村子，我們必須有個可以躲藏的安全地點。」

「那個安全地點在村外？」

「從地圖上來看是這樣，不過那是一百多年前的地圖。」

「他們放心讓妳獨自一人去外面？」

孟湘側過頭看了白鳳凰一眼，微笑。「你這是在關心我？」

「妳是我的東西，而且妳死了我會很無聊。」白鳳凰哼了一聲，加快飛行的速度，因此她只能看得到他的背。

孟湘忍不住露齒笑，她突然想到一個問題。「白，假如雪怪攻入村子，你會幫忙保護村子嗎？」

「妳希望我保護村子？」

「嗯。」

「妳沒有想過我其實恨不得能毀了整座村子？」

孟湘陷入沉默，她其實早就想過這種可能性。她開口：「有，但是這一千年你都沒有這麼做，所以——」

「不是沒有，是無法！只要我一釋出足以毀滅村子的力量，那口破池子就會吸光我的力量和體力，害我陷入昏迷！」白鳳凰一臉悲憤，身邊倏然颳起強風。

「但囚禁你的並不是人類，為什麼你要這麼痛恨我們？」孟湘停下腳步問，用來劃分村子與野外的著火溝渠就在眼前。

白鳳凰轉身低頭俯視她。「人類怕我、痛恨我，卻又有求於我。如此脆弱又醜陋無比的生物——」

「我也是嗎？如此脆弱又醜陋無比的生物。」

他沒答腔。

「那些只是你看不起人類的理由，不是你痛恨人類的原因，你之所以痛恨人類，是出於妒嫉。因為在你眼中脆弱又醜陋無比的生物竟然擁有你再怎麼渴望也得不到東西——親情。」孟湘跨過溝渠，立於木樁之前，她與白鳳凰之間的緊繃氣氛令她不安地捏住手環上的羽毛。

白鳳凰嘆了一口氣，落在孟湘手環上的視線變得柔和。「從以前就是這樣，妳一直都比我還要了解我。」

孟湘鬆口氣，幸好他沒有生氣。「我相信鳳凰神主會把你關進鳳凰池絕對是萬不得已，祂替你取了白丹這個名字。丹代表紅色，這代表你依然是鳳凰族的一份子。」

白鳳凰鄙夷地咋舌，雙手交錯於胸。「如果認同我是鳳凰族的一份子，他們就不會棄我而去。」

「我猜鳳凰神主一定是打算等你實現完一千個願望後，再來接你。」孟湘的視線越過排列緊密的木樁。「白，你能把我吹到外面去嗎？那些鎖全部生鏽，用看得就覺得很難拆。當然，等我回來會給你眼淚。」

「不用眼淚了。」白鳳凰降落，用自己看得見，卻是由風組成的身體直接橫著抱起孟湘，飛過木樁。「這裡已經是我的極限，我的力量沒辦法再影響到更遠的地方。」

明明沒有實體的觸感，孟湘仍嚇了一跳，紅了臉。拜託，又不是真的被抱起來，這麼緊張幹什麼？

「喂，妳在發呆啊？」

「沒、才沒有！謝謝你，我先走了。」

白鳳凰看著用僵硬姿勢走路的孟湘，面露疑惑，然後他像是意識到什麼，俊美臉龐蒙上一層陰影。

*

孟湘照著大隊長告訴她的方向前進，這裡和狩獵隊常常進出的樹林不同，樹木稀疏，岩石裸露，風吹過時還會揚起不少沙塵，不過仍有頑強的小草長在岩石間的縫隙中。

走了約莫五分鐘，她看見腳底下的岩石地面在前方的不遠處隆成一座山，山腳下有一道狹長的裂谷——這就是她的目的地。孟湘走近，彎腰查看，裂谷的開口一次最多僅能容納兩個人進出，她扶著岩壁緩慢進入，小心不讓自己的頭撞上尖銳的岩石，她點燃鳳凰之火，發現自己所在的位置是一個寬敞的洞穴，岩壁上有許多裝了水的小凹洞，以及頑強的岩生蕨類長在上頭。

她繼續往裡面走，這個洞穴至少又延伸出另外三個洞穴，在其中一個洞穴裡，她找到一些金屬器具和疑似木屑的細渣粉末，八成是過去人類所留下的家具殘骸。她將每個洞穴都走過，確認這裡只有一個出入口後，爬出裂谷的開口。

孟湘對於祖先們找到的藏身處感到滿意，這裡的空間足夠大，很適合躲藏，只有一個出入口的特點使雪怪要入侵非常不容易，是個堪稱完美的防守地點，只要囤積充足的食物，要在裡頭躲上一長段的時間應該不會有太大的問題。

她走離裂谷，臨時起意決定在四周逛逛，先熟悉躲藏地點附近的環境對於之後的生存絕對是有利無害。然而，獨自走在陌生的地方讓她不太安心，她開始祈求自己不會遇上雪怪。倒楣的是才剛祈求完，她就看見雪怪的身影，而且是她最不想見到的那一位。

孟湘急忙躲到一旁的枯木幹後方，偷偷觀察宇穎的行為，他不停左顧右盼，像是在找某樣東西。一道念頭浮現於她的腦中，霎時心臟重重震了一下。該不會他其實是在跟蹤她吧？

宇穎突然抬起頭，像是感覺到什麼，選定一個方向後，他大步奔跑，直朝她所在之處衝來。孟湘暗叫不好，她離他的距離太近，導致體溫成了暴露她行蹤的致命傷。

她立刻抽出掛在腰間的長劍，既然鳳凰之火燒不死擁有特殊體質的宇穎，那她就砍下他的腦袋。

宇穎沒有放慢腳步的打算，好似手持武器的孟湘根本毫無威脅性。這是雪怪的共同特點，他們總是無所畏懼、手無寸鐵就朝獵物衝去，著魔似的只想一嚐人類的體溫，只有一種狀況除外——

孟湘點燃鳳凰之火，火焰由她握住的劍柄處朝劍身竄去，散發出強烈的光芒。她舉起劍，接著光芒暗下，轉為低調且穩定的橘色柔光。

宇穎停止奔跑，身體反射性往後跨步，但他硬生生阻止自己做出轉身逃跑的舉動。他微拱起背，警戒地注視纏繞鳳凰之火的劍身。
「我記得火焰的感覺，溫暖、炙熱、令人安心。」他細聲說。
「你跟蹤我到底想做什麼？」孟湘質問，潛藏在內心深處的恨意破繭而出，對青梅竹馬的信任，結果換來的卻是親愛奶奶的死。
「我想變回人類，再次感受到溫暖。」
孟湘不敢置信，衝口而出。「假如雪怪能變回人類，就不會有那麼多人被殺死，奶奶她……她也用不著被砍頭！」
「我知道，我很抱歉，妳的奶奶在死前告訴我，炎玉或許能讓雪怪變回人類，所以我需……」
「別妄想我會給你書卷庫的鑰——」該死，她摀嘴，難道自己被套話了？
宇潁依舊一臉沉痛。「信不信由妳。」
她放下摀嘴的手，希望是自己多心了。「你明明就害死了奶奶，為什麼不殺我？你抓走我的時候明明有很多機會可以下手。」
「我怎麼可能下手殺死自己喜歡的女孩。」他搖頭，神情悲痛。
可是你卻害死那個女孩的奶奶。孟湘深吸一口氣，穩定差點失控的情緒，聽見這句告白般的發言她可一點也高興不起來。現在的她不能意氣用事，保全村子才是目前的當務之急。
她需要更多雪怪的資訊。
「你說不少雪怪已經想起身為人類時期的記憶，既然這樣為什麼你們還要攻擊村子，那裡不是有你們的家人和朋友？」
宇潁再次搖頭。「從我們變成雪怪開始，就不再是家人了。你們把我們視為怪物，一心想砍掉我們的頭。我們也憎恨你們，一如你們對我們的恨。」

「你們不也一樣？一心只想掠奪我們的體溫。」她覺得這一項指控簡直莫名其妙，人類是因為害怕自己受到威脅，才會出此下策，誰會無聊到看見雪怪的頭就想砍。

「傷害你們的時候我們也很痛苦啊！但我們就是控制不了，掠奪人類的體溫已經變成我們的本能……」

「你以為只要怪罪到本能，自己就能一點錯都沒有？」孟湘忍無可忍大吼，她向前一步，長劍劈向宇潁，火焰的光芒在空氣中留下一道軌跡。

宇潁以雪怪少有的自然流暢動作閃過攻擊，纏繞在劍身的鳳凰之火令他相當忌憚。他抓起地上的石粒朝孟湘丟去，她以劍遮擋，宇潁抓準機會拉開自己與她之間的距離。

孟湘再度發動攻擊，設法縮短彼此的間距，不過又被他快一步躲開。她停下動作，兩眼一凝，宇潁的腳邊瞬間燒起一圈火焰，下一秒她便感覺到疲累感開始湧現。但她可沒打算放過這個機會，揮劍就要給他一個痛快。

「我們還能怎麼想？」宇潁大吼，一臉悲憤。劍停在他的側頸，鳳凰之火舔拭著他的皮膚。「難道妳以為我們是自願變成這副模樣——冰冷、僵硬、感受不到任何溫度的身體，唯有在吸取人類體溫的過程中我們才能感覺到自己是真正的活著！是活生生的人類！我什麼都沒有了，家人、朋友、夢想，全部都沒有了！」

被恨意掩蓋的理智恢復，孟湘體會到難以忍受的痛心，昔日和宇潁相處的畫面接連浮現，以及三年前的那場意外。要不是她，宇潁也不會變成雪怪，追根究柢錯的人是她，宇潁只是被害者。

她熄滅劍上的鳳凰之火，語帶自責。「對，是我的錯，奶奶的死真要說起來也是因為我。但難道就沒有方法能夠阻止雪怪？你也不想傷害人類不是嗎？而且你很清楚就算吸取所有村民的體溫，自己也不會變回人類。」

宇潁抿嘴不語，他閉上眼睛踏過包圍住自己的鳳凰之火，火焰在他的小腿皮膚燒灼出一片通紅。他的面容因痛苦而扭曲。「我想要毀掉你們，同時也不想毀掉你們，但這由不得我決定，即使已經找回記憶，我依然隨時會因為對體溫的慾望而失去理智，妳根本不曉得這段日子我活在村裡有多痛苦，隨處都是唾手可得的體溫……」

「你撐過來了。」

「不要說得這麼簡單，妳答應過我的，假如我的存在威脅到村子，妳會毫不留情殺死我。殺死我，你們要對付雪怪也會變得簡單許多。」宇潁抓起孟湘的長劍架在自己的頸子上。「不過我不會自殺，因為我不想死，但我依然希望妳可以殺死變成雪怪的我。」

一度覺得再簡單不過的承諾，如今真要執行時，難如登天。

宇潁，她的青梅竹馬，她曾經喜歡過的男孩，她下不了手。咬緊下唇，她鬆開劍柄，長劍匡噹落地。

「對不起……」

「我給過妳機會了。」宇潁一臉哀傷，搖搖頭後轉身離開。

悔恨淹過孟湘的心智，三年前，她為什麼非得執意當個稱職的好姊姊？

為什麼她不過是做了姊姊應盡的本份，得來的卻是一連串的悲劇？

第九章

他喜歡的不是完整的她

孟湘踩著岩石粒和稀稀疏疏的小草，身邊的樹木掛著零星的樹葉，彷彿即將死去，同樣都是村子外圍，卻呈現出兩樣情。雪怪似乎和人類一樣比較喜歡另外一側的茂密樹林，又或者他們是被人類的體溫吸引過去？

後天，就是宇潁所說——雪怪即將入侵村子的日子，孟湘由衷希望那一天不會是鳳曦村的終結。她的內心泛著憂慮，滿腦子全是因為自己的懦弱而錯過殺死宇潁的機會。

宇潁是唯一一個不會被鳳凰之火殺死的雪怪，是最危險的存在，放了他一命，她不禁恐懼這會不會是個天大的錯誤？她垂著頭，覺得自己像是一團爛泥，深陷地面。

事情都已經發生了，懊悔有什麼用？她逼自己打起精神繼續巡視四周，現在她的工作是負責保護正在運送乾糧及民生用品到洞穴裡的村民，避免有雪怪目擊到他們的藏身處。

孟蒔和幾名獵人也在其他處巡邏，她已經被認可為正式的獵人，依她的身手，也許不用幾年就能當上狩獵隊的隊長。雖然難以分辨自己對她的情感還剩下什麼，但在孟湘的心目中，孟蒔仍是個引以為傲的天才妹妹。

「回去了！」有位獵人跑來，通知分散各處的其他獵人。「今天預訂的最後一批物資已經順利送入洞穴裡面。」

孟湘點頭，驚覺已經到了黃昏，憂心令她忽略時間的流逝，她告訴自己不能一直心不在焉，除非她不想活了。

進到村子，她順道替溝渠內注入鳳凰之力，這項工作看似簡單，卻十分耗費體力，她能清楚感覺到自己體內的力量正汩汩流出，體溫也隨之下降。

結束後她又冷又餓，坐在地上休息。

陳桂榆跑來。「辛苦啦。」

「妳怎麼在這？」

她坐到孟湘旁邊。「練完劍後想說過來找妳。我已經可以很好地握劍了，還有一天多的時間，我不知道能不能保護好自己，我不想拖累你們。」她愈說愈小聲。

孟湘看著自己好友臉上的牽強笑容，嘴裡嚐到一抹苦澀。

「……我們不會有事對不對？」陳桂榆紅了眼眶，幾乎要哭出來。

不會有事的。孟湘很想再一次對自己的好朋友這麼說，但她遲疑片刻後選擇作罷，因為她害怕陳桂榆失望，在對雪怪知識有限的情況下，她無法保證任何事情。

從古至今累積下來的雪怪數量有多少，沒人知道，其他的雪怪究竟聰明到哪種程度，也沒人知曉。她現在能做的只有等雪怪出現，然後殺光他們，保住村子。

「對不起。」她說。

陳桂榆用雙臂交叉抱住自己。「沒關係，我知道妳已經盡力……」

白鳳凰從天而降，孟湘正想用眼神示意自己晚點再去找他時，他二話不說就颳起具有毀滅性的陣風，陳桂榆被風吹得往後倒，後腦杓撞上地面。她嚇得尖叫，兩手抓住地面的岩石。

這裡除了她們，還有其他人在，每個人驚駭之餘都趕緊找到不會被風吹走的東西抱住，孟湘對上白鳳凰的視線，感受到蘊藏在裡面的怒意。她摸不著頭緒，必須跟他談談。

或許怒火是衝著她來的，但風卻不是，她在狂風中起身走到陳桂榆旁邊。「妳先回去，小心點。」接著她開始奔跑，白鳳凰飛在後面，凡他們經過之處皆遭到暴風的摧殘，許多樹木的枝幹因此被折成兩段，樹葉不止灑滿一地，更隨風亂竄。

她衝進苑，守衛正要從亭子出來，一陣風吹向他，他身體一歪撞向亭子的圓柱，發出悶哼。踏入鳳凰池的範圍後，孟湘抬頭大喊：「白，你在做什麼！」

白鳳凰瞇起眼睛。「妳是誰？」狂風非但沒有吹散他的聲音，反而使聲音變得更響亮。

他發現了？孟湘一驚，她什麼時候露出破綻？她應該偽裝得很好才對，而且人在受到死亡的刺激後性情大變，這點合情合理。正常的情況下白鳳凰實在沒有理由懷疑。

「我是孟湘。」她決定臨機應變。這不是謊話，她是孟湘這點無庸置疑，只是此孟湘非彼孟湘。

「不要騙我！孟湘那個膽小鬼根本不知道我的名字，妳到底是誰？湘去哪裡了？」

糟糕，她想起自己上次不小心講出白丹這個名字，要是現在繼續說謊，白鳳凰鐵定只會更加惱火。

「我是孟湘。」她吼回去。「完整——包含湘的孟湘！」

「她消失了？」狂風止歇，白鳳凰像在隱忍什麼，聲音顫抖。

「沒有消失，湘是我的一部分，現在的我有一部分就是由湘所組成。」

「什麼時候開始？」

「上吊自殺失敗後我就想起所有的記憶。」

「妳竟敢一直欺騙我？」

「我沒有騙你，白，你忘了嗎？我很聰明，所以我知道就算自己找回湘的記憶，你也絕對不會認同我。」孟湘試圖以輕鬆的口吻說，不過似乎成效不彰。白鳳凰會對湘的事情產生這麼大的反應就代表他在乎的——永遠只會是湘，不會是她——孟湘，就算是完整的孟湘也一樣。

白鳳凰眉頭鎖緊且不發一語，像在思索什麼，然後在他的身影消失之前，臉上的表情變得狠戾。藉由消失，他清楚地表達出自己對孟湘這個人的否定。

孟湘用力咬住嘴唇，她知道自己是對的，同時也是錯的。

她對在早料到白鳳凰會有這種反應，錯在依然選擇隱瞞。即便找回自我，身懷過於常人的天賦，她是膽小鬼的事實仍舊沒有任何改變。她害怕白鳳凰討厭自己。

她摀住臉，深吸一口氣，炙熱的情緒燒灼她的眼眶。

她喜歡白鳳凰，喜歡白丹。

然而他喜歡的那個她，卻不是完整的她。

*

孟蒔俯蹲在距離苑大門不遠處的一叢矮樹後方，目送自己的姊姊失魂落魄地離開，那頭烏黑長髮亂得宛如遭到轟炸，她知道那是誰的傑作。

——白鳳凰。

她快步且從容踏進大門，負責看門的守衛揉著自己發疼的背部，前來制止。

「快到敲晚鐘的時間了，有任何事情明天再來。」

好不容易做足心理準備，現在如果不去找白鳳凰，孟蒔知道自己一輩子都不會有勇氣再踏入鳳凰池。她靈光一閃。「是大隊長託我來幫他取東西。」

「不要說謊，就算妳再優秀，獵人們辦公的地方也不是妳這個小孩可以隨意進出。」

她抽出繫在腰間的長劍，橫著遞給守衛。每一位正式的獵人都會有一把刻有自己姓名的劍，作為證明。「我以我的姓名發誓，我沒有說謊。」

守衛的表情變得嚴肅。「他們沒有安排妳進行配劍儀式？」

「大隊長說會安排在雪怪攻擊之後，假如到時候我們都還活著的話。」孟蒔慎重地收回自己的劍。「我很快就出來，等我一下。」

她朝獵人們平時所待的那棟建築走去，到半路確定守衛看不見自己後，改變方向來到人人忌諱的鳳凰池，池子遭到夕陽染紅，彷彿被潑了油漆，美麗但散發出難以親近的疏離感。這裡，是她的姊姊小時候最愛來的地方。

「白鳳凰。」孟蒔對著池子大喊：「你在吧？」

周遭寂靜無聲，連蟲鳴也消失，澄清的水面沒有絲毫波紋，了無生機。白鳳凰一定在這裡，要怎樣才能讓他出現？她收緊五指，捏住口袋裡的一封信。

「我是來許願的！」

突然間開始起風，雖然沒看到任何人影，但她清楚聽見了笑聲。

「自尊心強又高傲的妳，現在也決定要做個瘋子？哼，人類說的話，根本沒有一個可信。」

「我要許願。」她盯著空無一物的空氣，無視白鳳凰的挑釁。「任何報酬我都會付。」

「任何？」白鳳凰大笑。「人類，這種話不要隨便掛在嘴邊，假如我要妳去死呢？妳也願意？」

「如果你肯幫我實現願望，我願意去死。」

這段話似乎激起白鳳凰的好奇心。「妳想要什麼願望？」

孟蒔從口袋裡掏出一封被捏皺的信。「如果村子能逃過一劫，我希望到時候你可以幫我把這封信拿給孟湘。」

「妳嘴巴上說著不畏懼死亡，但拿封信給自己的姊姊——這種區區的小事妳卻不敢去做？這要我如何相信妳在願望實現後真的會自我了斷？」

「我……」

「我不會實現妳的願望，滾回去，人類。」

她抽出腰間的配劍，反握用劍尖抵住自己的咽喉。「如果你要我的性命作為代價，我可以現在就給你，但我要你保證不會食言。」

白鳳凰靜默好幾分鐘，孟蒔握劍握到手腕開始發痠。

「要死別死在這裡，我可不想清理妳的污血。」

「所以你願意實現我的願望？」孟蒔滿懷希望問。

「我不要妳的命，我要的報酬有兩樣，一是妳的眼淚，二是為什麼寧願拋棄性命也要我幫妳實現願望的理由。」

＊

夜晚蘢罩並不等於死寂降臨，大多數的生命蟄伏於黑暗之中，悄悄等待天明。孟湘認為自己亦是如此。

她睜著眼睛縮在被窩裡，一手摀住胸口，感受心臟在裡面跳動，這是活著的證明，也是痛苦的根源。三年前，她在失去父母和宇潁的狀況下太過於痛苦，憤而丟棄白鳳凰給予她的手環，因為她一直覺得白鳳凰對他們見死不救。

她想不明白——他的力量無法影響到村外這點，那個時候為什麼不說？

白鳳凰對她的隱瞞造成她嚴重的誤解與憤恨，諷刺的是，如今她對白鳳凰的隱瞞也招致了同樣的結果。

「找回完整的自己」這件事究竟是對是錯，孟湘已經完全搞不清楚。唯一可以確定的是，湘是希望自己被認同的，就算知道一旦被認同之後自己就會消失，這仍舊是她的心願。

湘愛著白鳳凰嗎？

她大概更愛自己吧？

孟湘掀開棉被，在指尖處點燃鳳凰之火，她走到窗邊，戶外沒有半點風，空氣悶熱得令人焦躁，就好像白鳳凰不止是拒絕了她，也拒絕了整座村莊。

望著遠方亮得通紅的溝渠，煩躁不已的內心總算得到慰藉逐漸平靜。好美。她瞇起眼睛，下巴靠著窗台，她對豔麗的紅色一直都沒有什麼抵抗力，突然間。她想起這項特質就是孟蒔會害怕她的其中一個原因。

某一次，孟蒔為了教訓欺負自家姊姊的人，不小心跌倒摔破頭，鮮血流滿半張臉，當時孟湘的第一個反應不是驚慌地去找大人來幫忙，而是痴迷地凝視血液流下。

血液的紅，讓她難以抗拒，不過又不是她自願變成這樣的，她天生如此，真要責怪的話，錯的是給予她這項特質的父母，不是她，她是無辜的。但已經不重要了，怪罪死去的父母根本沒有意義。

如緞帶般的通紅溝渠無預警缺了一部分，像是遭人一刀砍斷。孟湘一愣，眨眼想確認是不是自己眼花看錯，或者是有什麼東西遮住溝渠的火焰，可惜人類的眼力不可能看得到那麼遠。

無論如何，就是有某樣不會被燃燒的東西阻斷溝渠的鳳凰之火，不祥的預感襲上心頭，當初宇穎就是被雪怪當作是橋梁來通過燃著火焰的溝渠，難不成……

不、不會的。她搖頭，宇穎告訴過她雪怪打算攻擊的日子明明是在後天。

「相信雪怪說的話，妳也真蠢。」窗外忽然起風，吹來白鳳凰的聲音。「真期待看見你們人類毀滅的那個瞬間，哈哈哈。」

「白丹！」孟湘對著黑夜大喊，強風一颼，兩扇窗被猛然甩上，差點打中她的鼻梁。當她再次推開窗戶時，白鳳凰已然消失，遮住鳳凰之火的陰影愈來愈多。

難道雪怪真的襲擊村子了？她也真是白痴，宇穎都已經害死奶奶了，她竟然還相信他說的話。

她迅速換好衣服，過程中不小心絆到褲子摔了一跤，她把長劍繫在腰間，拿著點亮的蠟燭衝到孟蒔的房門前，猛拍門。「孟蒔，快起來！雪怪入侵村子了！」

門忽然開啟，孟湘整個人幾乎撞上自己的妹妹。

「妳不是告訴大隊長是後天？」孟蒔雙手叉腰，冷聲說。

「我們都被宇穎騙了！孟蒔，我拜託妳，去敲銅鐘，然後帶著無法戰鬥的村民逃去在裂谷的藏身處！」

「妳確定？」孟蒔的眼底閃過驚慌，但仍抱有存疑。

「我知道妳很討厭我，相信我這一次！拜託妳！」

面對焦急的懇求，孟蒔緩下冷硬的表情，似乎願意相信。「我會去敲銅鐘，但妳打算做什麼？」

「我要去阻止雪怪，大家就拜託妳了！」孟湘把蠟燭塞到妹妹的手上，抓起擺在門邊的火炬，點燃後就往門外跑。

「喂，妳給我等一下！」孟蒔大吼，她的聲音被關上的門反彈回屋內。

凡經過的每一戶人家，孟湘都會猛拍他們的門板三下，大叫雪怪已經來襲，要每一個人快點逃。看見黑暗中有愈來愈多的燭火亮起，她覺得受到鼓舞，但還不夠，大多數的人依然在沉睡之中。

她在內心祈禱孟蒔能快點敲響銅鐘。

她來到苑外頭，蹲下尋找和村子外圍一樣的溝渠，然後將鳳凰之力注入其中，火焰開始燃燒，形成一道小型的保護牆。這樣一來，苑就可以暫時成為避難處。

她坐在地上喘氣，點燃溝渠耗掉她不少力氣。

突然，淒厲的尖叫劃破黑暗，刺進她的耳膜，有人遇難了？她驚慌跳起，放棄逐戶拍打門窗的叫人方式，直衝村子的邊界。

「救命！救命啊——」

一個人影掠過她的面前，摔進旁邊的水田，孟湘緊急煞住腳，轉頭，在火炬光芒的照耀下，她看見追在那人後頭的是兩名以詭異角度擺動手臂、腳步歪斜的人影——雪怪正以不協調的動作奔跑，追捕獵物。

她當機立斷把火炬作為武器，掃向那兩名奔馳而來的雪怪，鳳凰之火一碰上他們殘破的衣物立刻開始燃燒，沒幾秒鐘兩名雪怪便化為細灰飄散。

「你沒事吧？」孟湘朝著掉到田裡的人問，得到的卻是泣不成聲的回應，她又問了幾次，對方還是無法好好說話。

她不怪他們，除了獵人之外，其他村民被保護得太好了，他們看過雪怪，卻從來沒有真的面對過。當夢中的怪物忽然化為現實，任誰都會措手不及。

最後孟湘對那個人大喊：「去苑裡面！會有人保護你！」

急促的銅鐘聲驀然響徹整座村子，全村在短時間之內亮得有如白晝，大家依照先前的演練把所有能作為照明的東西全數點燃。普通的火雖然燒不死雪怪，依然有著嚇阻的功效。

太好了，孟湘微笑，以自己的妹妹為傲。

她覺得自己重新獲得力氣，再度朝村子的邊界奔馳，驚慌的尖叫時不時傳來，可以推斷出已有為數不少的雪怪侵入村子。那些怪物到底是怎麼進來的？假如是像之前宇顥把自己的身體作為橋梁來讓雪怪通行，絕對不可能在這麼短的時間內進來如此龐大數量的雪怪。

必須找出答案。她牙一咬，逼自己繼續奔跑，光憑她的一己之力絕對救不了所有人，當前最好的做法是阻止雪怪持續進入村子。

她一邊揮舞手上燃著鳳凰之火的火炬，像個瘋子一樣往前衝，雪怪紛紛後退閃避，大多數的雪怪識相地掉頭尋找其他相對安全的獵物，少數不怕死的雪怪最終全難逃被燒成細灰的命運。

巨大的金屬架橫跨溝渠兩側，高然矗立，許多雪怪攀附在金屬架上頭，魚貫似地通過。這副景象使孟湘怔住，手裡的火炬落下，她的腦袋和身體一樣彷彿慘遭石化，動彈不得。

金屬……

他們竟然會鍛造？

「祂鳳凰的妳這個鳳凰神女杵在那裡做什麼？」

聽到熟悉的聲音，孟湘一回神，立刻轉身。大隊長砍死一名試圖攻擊她的雪怪，頭顱落地，褐色的血液噴得到處都是，映在火光之下宛如乾涸已久的血漬。

「弄倒那些該死的金屬架！」大隊長轉身朝身後的獵人們大喊，獵人們立即三人三人一組，一個人負責擊退靠近的雪怪，另外兩個負責想辦法弄倒金屬架。

攀在金屬架上面的雪怪得知他們的企圖後，張嘴發出尖銳、短促，彷彿金屬摩擦產生的聲音，令孟湘的頭皮發麻、牙齒發痠，他們之所以無法好好說話，她推測跟他們凍僵的舌頭有關。

有雪怪甚至直接從金屬架上跳下來，嚇得獵人們慌忙退開。火焰牆外面的雪怪同樣尖叫著，巴不得能穿過鳳凰之火榨乾他們這些人類的體溫。

孟湘上前，試著替推倒金屬架出一份力，三隻腳的金屬架比想像中的還要難推倒，加上眾多雪怪的重量壓在上頭，他們費了好大的力氣才總算推倒一具。金屬架橫著倒下，好幾名雪怪摔在鳳凰之火上，被燒成細灰，然而也因此讓不少雪怪摔進村內。

「孟湘！」大隊長大喊：「金屬架讓他們去推，妳負責擊退雪怪！假如遇到有人受到凍傷，以治療他們為優先，聽懂沒？」

「知道了！」孟湘轉身，加入戰鬥，她朝手無寸鐵的雪怪揮舞長劍，往他們的死穴攻擊，只要砍掉他們的頭，就能殺死他們。

過去在苑裡學習的劍術在她的腦中甦醒，她熟練地操著武器，橫砍包圍住她的三名雪怪，第一個雪怪的頭顱飛到溝渠旁，燃成細灰，剩下的兩名雪怪舉起前臂格擋，斷臂對他們這些怪物沒有太大的影響，他們將另外一條完好的胳膊揮來，孟湘兩眼一凝，鳳凰之力由她的體內流出，兩名雪怪立刻開始燃燒。

疲倦感再次席捲而來，短暫的寒意令她打了一個哆嗦。

又一具金屬架倒下。孟湘受到鼓舞，她舉起手中的劍，刺進試圖攻擊她的雪怪胸口，擊碎對方的肋骨，她提起劍，將雪怪的頭斬成兩半。

褐色的血液猶如廉價的墨水，灑滿泥地，孟湘在搖曳的火光之間揮劍，幾乎像是與火共舞，炫目得令人迷醉。她又接連殺死好幾名雪怪，然後她看見大隊長跪在一名長髮的女性雪怪面前，劍落在一邊，周遭的雪怪無視他們怪異的舉動轉身尋找其他獵物。

「大隊長！」孟湘大叫，立刻躍步對那名女性雪怪展開攻擊。

女性雪怪注意到孟湘，抬起頭，灰白的面容看起來非常生氣，那模樣就像是活生生的人類，只有人類能依靠表情傳達出喜怒哀樂。宇潁和眼前的雪怪是例外，但──究竟還有多少例外？

更讓孟湘訝異的是，這名女性雪怪竟然撿起大隊長掉落的長劍，擋下她的攻擊。當她往後一跳，女性雪怪立即以僵硬的姿勢向前戳刺，那身破舊裙裝的裙襬因此飄起。

太慢了。孟湘彎腰閃避，抬起長劍就往雪怪的頸子抹去──

「等等，不要！」

大隊長忽然介入，孟湘的劍砍進他的側腰，屬於人類的鮮紅血液令她渾身顫慄。美麗，但是……

孟湘鬆開握劍的手，一臉驚恐。「你沒事吧？我──」

大隊長嘶一聲，倒抽氣。「對不起，我真是難看呢……平時教導人遇到雪怪絕對不能摻有私情，當了三十幾年的獵人，結果我還是下不了手……」他苦澀一笑，轉向那名停住不動的女性雪怪。「她曾經是狩獵隊的一份子，也是我的未婚妻，我最愛的人。」

孟湘這才發現這名雪怪的容貌和大隊長掛在私人休息室上的畫像十分神似。

聽見大隊長的話，雪怪突然伸出手，掐住他的頸子，五指深陷肉裡，使他瞬間斷氣而死。

「不！」孟湘咆哮舉劍，劍刃砍下的剎那，那名雪怪竟然滾落一顆顆晶瑩的淚珠。雪怪的頭顱摔到地面，一片著火的葉子飄至上方，一同化為灰燼。

大隊長死了……她突然覺得噁心想吐。他們之間的關係或許沒有特別要好，但最近大隊長在她的心中有了一個特別的地位。他，是極少數願意肯定她的人，一個願意為村子付出的好人。

「鳳凰神女！」一位渾身沾滿雪怪血液的獵人大叫著跑來。

聽到這個稱呼，孟湘只覺一陣反胃。不要總是在這種時候才想到她啊！

「我們有太多人受到凍傷。」獵人著急地說：「我們需要——」

「我不可能替他們所有人療傷。」孟湘打斷他，一臉絕望。她的能力不夠，她救不了所有人。

「對不起，你去跟其他人說能逃就逃吧，我們打不贏雪怪。」

「那些受凍傷的人怎麼辦？他們會變成雪怪！」那名獵人不死心。「妳要對他們見死不救？」

「我……」

那名獵人的肩膀突然從後方被兩隻灰白色的手攀上，雪怪貪婪地汲取他的體溫，他想反抗，然而雙手都被箝制住。

「救我……」

孟湘倒退。好可怕，雪怪好可怕，殺不完的雪怪好可怕……

三年前的夢魘、雙親的屍體，她——

「嘿，妳又要逃跑了？」她的聲音突然自動從腦中浮現。是湘。「這樣跟以前有什麼不同？妳差點成為懸梁上的死屍才找回我，然而妳卻沒有半點改變？」

我救不了全部的人。

「那就救那些妳可以救的人。」

我、我沒有辦法……

「燒死這些雪怪，用妳最拿手的鳳凰之火。」湘強硬說。

我不能——

「夠了！妳他媽的給我停止這種負面的思緒！不要連試都沒試就告訴自己做不到，妳的體能一點也不差，使用鳳凰之火消耗的體力也沒妳想像中的那麼多，不要再自我催眠！搞得自己不敢跨出一步！我們是最優秀的，妳忘了嗎？」

「我們……是……最優秀的？」孟湘呢喃。是啊，她是最優秀的，怎麼能屈服於雪怪之下！她要反抗，她已經發過誓——會殺光所有進入視野中的雪怪！

龐大的鳳凰之力由她的心臟流瀉而出，盈滿四肢，彷彿她自己本身就是一團火焰，凡進入她眼中的雪怪，全數自動著火。見狀，原本已經失去戰意的獵人們重新振作，金屬架只剩三具，他們集合所有人力一次只對付一具金屬架。

局勢開始改變，許多雪怪一見到孟湘紛紛逃竄。她大叫：「把凍傷的傷患通通搬過來！能走動的自己過來，我會盡我所能救你們！」

面對數十名的傷患，她依然只能一個一個治療，以凍傷已經呈現紫色的為優先，避免他們轉變為雪怪反過來攻擊自己人。孟湘全身盈滿力量的感覺逐漸消褪，取而代之的是深沉的疲憊。

「目前剩下最後一具金屬架，另外剛才有人回報以這裡為中心的半徑四百公尺內都沒有再見到雪怪的蹤影。」一名年輕的獵人說，他是大隊長生前的得力助手之一，不斷地向正在治療傷者的孟湘報告狀況。

確定沒有任何一位傷患會變成雪怪後，孟湘癱在地上，累得彷彿再也榨不出一點力氣，她闔上眼睛，突然覺得周遭的一切都與自己無關，她只想好好睡上一覺，不過獵人們可不會這麼輕易就放過她。

現在，她可是全村最具有力量與權力的人。

「金屬架已經全數推倒，附近的雪怪也全部消滅。」年輕的獵人說。孟湘注意到他的手在顫抖，但表現出來的卻是不畏懼的堅毅。大隊長非常有識人的眼光。

孟湘深吸一口充滿腥味的空氣，試著讓腦袋清醒點，然後說：「其他的隊長呢？有的話叫過來，我沒有領導的經驗，發號司令這種事讓他們去做。」

她要睡覺！

年輕的獵人搖頭。「大隊長帶了我們十八個人來，裡面包含他有六個隊長。」他轉頭看向地上昏迷的獵人們。「另外五個人都在那裡。」

孟湘單手摀住臉，揉了揉眼睛附近，呼出一口悶氣。「你叫什麼名字？」

「格睽。」

「格睽，我們這裡現在還有多少人是能用的？像你一樣能走動？」

六個人走到他們旁邊，加上她和格睽……孟湘忽然只想放棄，選擇自生自滅絕對比死命掙扎來得輕鬆。她實在不曉得八個疲累不堪的人是能做些什麼？

「都是妳！要不是妳帶來錯誤的消息，就不會有這麼多人死了！」六名獵人中的一人忽然衝過來揪住她的衣領。是黃薇嬅的男朋友。

孟湘冷眼看著灰頭土臉的他，沒有反應。為什麼就是有人不明白呢？一昧的怪罪別人根本解決不了任何問題，況且，假如她沒有帶來錯誤的消息，他們的處境依然不會有所改善，只會更加悽慘。

「廢物！為什麼妳這種廢物會當上鳳凰神女——」

劍柄突然敲上他的後腦，話還沒說完，他的頭一歪便暈了過去。

「抱歉了。」格睽一臉愧疚，放下手裡的劍，接著把薇嬅的男朋友拖去傷患的旁邊。

「謝謝。」孟湘細聲說。

陌生的腳步聲從後方響起，在場的每一個人立刻繃緊神經，抽出劍轉身面對聲音的來源。

一名臉型狹長，留著一撮鬍子的獵人跑來，他的身上有不少輕微的凍傷，看見孟湘他們的眼神宛如遇見救世主。

「你怎麼會在這裡？」格睽問，語氣激動。

「我從苑的通道逃出來向你們求救，目前推估村內至少還有一百多名的雪怪，而且正在增加，或許他們有備用的金屬架……」留著鬍子的獵人滿臉沉痛。「雪怪有很大一部分包圍住苑，我們不曉得外圍的火焰可以撐多久。」

也許三天，或更短，孟湘心想，畢竟苑外圍的溝渠並不像村子外圍的能容量那麼多的鳳凰之力。

「孟蒔沒有帶大家去裂谷避難？」孟湘問。

「當時根本還來不及出村子，雪怪就已經攻過來，我們只能先躲進苑裡。」這個壞消息使孟湘的眼前短暫一黑，她用雙手撐著地面，不讓自己因為絕望的打擊倒下，還有一批雪怪等著她去殺，裡面很可能包含著剛從人類轉變而成的雪怪——某些人的親人或友人。

還有宇潁，他在哪？為什麼沒有出現？

「現在該怎麼辦？」留著鬍子的獵人迫切地問。

「我不知道，不要問我！」孟湘突如其來的大吼嚇到所有的獵人，點醒他們眼前的鳳凰神女不過是個未滿二十歲的少女。

她能怎麼辦？她又不是神？她只不過是擁有鳳凰之火、身體比一般人強韌一點的人類罷了。不要只有在這種時候才對她抱有強烈的期待！

「大家奮鬥那麼久，都累了，先休息一下吧，然後再想想要怎麼救其他人。」格睽試圖緩和緊繃的氣氛。「孟湘小姐和兩個人留下來看守，其他人去附近的房子裡找找有沒有食物可以吃，如何？」

孟湘沒有回應，直接躺地。一旁溝渠裡的鳳凰之火開始搖擺。起風了，格睽和其他獵人的交談聲變得愈來愈模糊，隱約之間，她聽見白鳳凰充斥著鄙夷意味的笑聲。

第十章 得到溫暖，得到包容

雪怪選擇在夜晚襲擊村子無疑是明智之舉，人類是非常仰賴視覺的動物，因此孟湘和幾名獵人討論過後決定先讓身體好好休息，天亮再做行動。

當第一道曙光降臨的瞬間，充斥著孟湘全身的疲累感依然沒有消褪，彷彿有股引力正不斷將她拉向地面，她掙扎起身，告訴自己還有許多村民正等著被拯救。

她開口對同樣一臉疲憊的獵人們說：「考慮好了？我不想強迫你們一定要跟隨我，不想去的人可以留在這裡照顧傷患。」

「我們已經討論過了，留三個人在這裡照顧傷患，另外三個人跟妳一起走。」格睽說道，向前一步。

孟湘點頭，她知道他一定會是跟著自己走的人之一。

經過雪怪前一晚的肆虐，現在的村子宛如一座空城，完全不見半個人影。孟湘走在前頭，三名獵人跟隨在後，他們很快來到苑的附近，但不敢太接近，就怕包圍住苑的雪怪會察覺到他們的體溫。

除了孟湘，他們每個人都拿著從某一戶人家裡「借」來的火炬，孟湘打響手指，點亮所有火炬。

「那就拜託你們了。」

三名獵人齊一點頭，各自散開。村裡的建築全是由木頭作為建材，十分易燃，他們打算在苑的外圍四處點火，只要讓周遭陷入一片火海，包圍住苑的雪怪就會全數完蛋。

孟湘俐落地爬上一棵稍矮的鳳凰枯木，勉強可以看見半個苑。考慮到某些地方——像是水田或者道路的部分無法燃燒，孟湘決定靠自己體內的鳳凰之力在那些地方憑空點燃鳳凰之火，就算要冒著可能會燒毀整座村莊的危險，她也要盡力殺死所有雪怪不可。

幾棟矮木房開始竄出濃煙，接著冒出橘紅色的火光，孟湘凝聚高度的注意力，利用體內無形的鳳凰之力引導火焰加速擴散——往苑的方向集中燒去。她爬下鳳凰枯木，移動到下一個地點，同樣利用體內的力量將鳳凰之火引往苑的方向。

很快地，包圍住苑的雪怪們起了騷動，他們大概沒料到自己會遭到鳳凰之火的夾擊，形成前方因為有火焰牆擋著進不去苑內部，後方有熊熊烈火不斷逼近的窘境。

突然，雪怪接二連三往同一個方向移動聚集，逐漸離開孟湘的視野範圍，她感到納悶，連忙爬下樹，在一戶人家的小庭院裡找到木梯子，利用它爬上一間矮木房的屋頂，在這裡她能清楚看見雪怪的移動狀況，以及雪怪究竟要聚集到哪個地方。

雪怪正在逃跑，圍住他們的大火有道缺口——通往苑大門的道路——泥土與石子構成的路面沒有東西可以讓火焰燃燒。

格睽獨自站在苑的大門前，面對眾多試圖逃跑的雪怪，孟湘欽佩著他過人的勇氣，她的兩眼一凝，鳳凰之火由路面猛然竄出，嚇得雪怪發出金屬撞擊般的鳴叫，格睽也鼓足氣勢，一連殺死好幾名雪怪。

很好。孟湘雀躍地從體內引出更多鳳凰之力，巴不得熊熊燃燒的鳳凰之火能快點和苑外部的火牆融合成一場烈火，燒過滿滿的雪怪。屆時，村子就能得救。

奇怪？她眨眨眼，明明清楚感受到鳳凰之力正抽離自己的體內，為什麼火焰蔓延的速度如此緩慢？她甩頭驅退疲累感，停止鳳凰之力的輸出，然後注意到火焰正以不尋常的幅度激烈搖擺。她感到一陣惡寒。

是風。

白鳳凰正在幫助這些怪物，就算無法靠自己的力量摧毀村子，只要藉助雪怪之手，他依然可以達到目的。

孟湘哀傷地咬住下唇。湘消失以後，這座村子對他而言就失去存在的意義。

忽然間隱形的力量——風的力量由上而下襲向地面的大火，彷彿有一雙巨大的手猛然往下拍，強烈的風壓朝四面八方擴散，霸佔了烈焰燃燒的空間。

孟湘舉起手臂抵擋強風的吹襲，結果一個重心不穩側摔，她試著抓住屋簷外緣凸出的木頭，然而她的力氣連要支撐自己的重量都辦不到了，更遑論強風還不斷往她身上吹的情況。手指從木頭滑開，她的背部重重撞上地面。

撞擊的瞬間，她幾乎要把內臟咳出體外，幸好木房的高度不高，她的身體又比常人強韌，才沒有受到嚴重的傷害。

她翻身爬起，絕望地看著自己和三名獵人好不容易弄出來的火焰只剩下幾縷灰煙，留下一整片的焦木殘骸。雪怪站在這些殘骸的對面，一發現孟湘和不遠處的三名獵人便如同餓死鬼見到食物般衝來，她嚇得抽出長劍，讓火焰纏繞劍身。

雪怪們立刻如臨大敵，張牙舞爪地咆哮，卻遲遲不敢再往前邁進一步，然後她看見雪怪開始轉身，放棄了她這個獵物，一部分的雪怪轉而攻擊另外三名獵人，絕大部分的雪怪則往苑的大門聚集過去，方才的強風將鳳凰之火吹熄——作為村子最後一道防線的火牆已然消失，澆熄了能守住村子的微薄希望。

孟湘無法接受，儘管鐵錚錚的事實擺在眼睛，她依然不願相信白鳳凰的狠心。「白！」她大叫。「你這麼做湘會難過！」

風捎來白鳳凰略為高亢的聲音。「已經消失的人談何難過？不要妄想抵抗我，妳保護不了這些人類。不想死的話就滾，反正鳳曦村我毀定了！」

心靈上的沮喪與痛苦促使孟湘垮下肩膀，劍刃上的鳳凰之火像是感應到主人的沮喪，火光變得黯淡，但她堅定地說：「我不會放棄保護村子。」

「那妳就等著跟村子一起毀滅。」

「白，我不懂！你最初喜歡的人不就是我？湘明明是後來才出現的，但現在你卻因為我變回最初的我而要毀掉村子，這未免也太奇怪了吧！」

風不再吹來白鳳凰的聲音，但狂風依舊。她忍住嗚咽呢喃：「白，這裡可是你的家啊……」她提起纏繞著鳳凰之火的長劍衝進雪怪群中。既然橫豎都是一死，那她寧願選擇戰鬥到死，絕不會輕易放任奶奶深愛的村子被雪怪毀滅。

四米高的石牆或許具有防止雪怪入侵的作用，但金屬拱門沒有，只要有心要攀爬，絕對能爬得過去。村民們注意到用來保護他們的鳳凰之火已經熄滅，頓時尖叫聲四起。

一、二、三、四……每當劍刃上的鳳凰之火燃盡一名雪怪，孟湘就會把心中默數的數字往上加。

亟欲進入苑內的雪怪們相互推擠，希望自己能離孟湘愈遠愈好，這種只顧著逃跑不打算反擊的雪怪反而最好對付。

砍死一名又一名的雪怪，看著雪怪們一個個化為細灰，疲憊、麻木的感受逐漸消磨掉孟湘的大半鬥志。鳳凰之火只要有可燃的物質就能永無止盡地燒下去，但她不是火焰，她不可能永遠地殺不停。

默數到六十三，包圍住苑的雪怪依舊是滿滿滿，還不包括已經爬過金屬拱門，進到苑內的那些雪怪。孟湘再度感到絕望，他們低估了雪怪的數量。

尖叫、哭喊、劍鳴……

這是地獄。

疲累幾乎要拖垮她的身子，僅剩意志力支撐，讓她被逼著燃燒自己的生命作為力量來源。雪怪們似乎想通一昧逃跑只會把自己害慘，竟然轉身對孟湘展開攻擊。

她對上一名高大的雪怪，這名雪怪足足高了她兩顆頭，雜亂的短髮摻雜不少銀絲，歲月早在他還是人類的時候就留下不少痕跡。

他揮掌拍向她，孟湘以劍抵禦，上頭的鳳凰之火嚇得雪怪半途縮手，孟湘逮住機會將劍戳往他的胸口，雪怪瞬間在她的劍底下燃燒。

像是明白單打獨鬥絕對戰勝不了眼前的敵人，四名雪怪一同圍了上來。

在迫不得已的情況下，孟湘直接在圍上來的四名雪怪身上點火，同時也在自身周圍點燃火焰嚇阻雪怪接連靠近。

「格瞬！振作點！」一名獵人呼喊著。

她扭頭朝格睽的方向看去，格睽倒在地上，似乎受到嚴重凍傷，一旁有顆仍滴著血液的雪怪頭顱，兩名獵人正在努力抵擋朝他們逼近的雪怪。

孟湘再次集中注意力，利用體內的鳳凰之力殺死格睽和那兩名獵人附近的所有雪怪，然後替他們圍了一圈火焰，一名獵人朝她投以一個感激的眼神，蹲下來查看同伴的狀況。

猛然間，疲累所造成的暈眩感襲擊孟湘的大腦，她鬆開手中的劍跪倒，意識逐漸變得模糊，環繞於她身體周圍的鳳凰之火也隨之熄滅。闔眼前她隱約看見一個個黑影不斷湧上來。

面對逼近的死亡，她感到的不是恐懼，而是不甘心，最終她還是救不了奶奶深愛的村子。

「妳躺在這裡找死是不是！」與自己幾乎一模一樣的聲音突然出現。

臨死之際竟然會聽見孟蒔的聲音，孟湘不免在心中苦笑，看來她永遠無法不惦念著妹妹，說不定就算到了死之後依然沒有辦法放下。

「給我醒來！妳這個廢物！膽小鬼！」

感覺到某種鈍物撞上自己的臉頰，孟湘的臉被迫轉向另外一側，猛烈的力道使她一度以為自己的頭會與下半身分離，她咳了咳，靠近右側臉頰的下排牙齒冒出濃濃血味。

她痛苦地睜開眼，疲憊造成的暈眩感被疼痛取代，思緒卻因此清晰許多。當看見一抹凜然的身影正替自己抵擋從四周湧上來的雪怪時，她忽然澈底清醒。

她牙一咬，掙扎地起身，吐掉滿嘴的血，孟蒔剛才鐵定狠狠踹了她的臉一腳。

心狠手辣的女人，孟湘咒罵，明明還有很多方法可以叫醒她啊。

「終於醒啦。」孟蒔刻意用一副游刃有餘的態度說。她甩掉劍上沾染到的褐色血液，踢起地上的木頭殘骸絆倒雪怪，接著劍光一閃又砍掉一顆雪怪的頭。

「妳少逞強。」孟湘將長劍反插在地上，藉以穩住身體。她注意到孟蒔頻頻喘氣，斗大的汗珠不斷落下，不禁擔心她們遲早都會累倒，必須想想辦法。

她們背對著背，合力對抗將彼此團團包圍的雪怪。在如此險峻的環境下，孟湘的嘴角仍不禁失守。能和自己的雙胞胎妹妹齊心協力，她真的好高興、好高興。

下個瞬間，她卻再也笑不出來。格睽和另外兩名原本一起行動的獵人出現在她的面前。他們的頸部皆有發紫的凍傷，灰白色的皮膚是已經澈底轉化為雪怪的證明。他們手提著劍，動作僵硬，用了無生氣的雙眼緊盯著她。

前一刻還是並肩戰鬥的夥伴，卻在這一刻起成了敵人。

孟湘很快陷入苦戰，她很想直接用鳳凰之火燒死他們，耗盡的體力卻讓她力不從心，她咬牙苦撐不允許自己倒下，孟蒔難得願意把自己的背後交給她，她一定要好好守護！

倏忽間，一道光芒閃爍，孟湘被孟蒔推了一把，腳步踉蹌，恰巧閃過格睽從正面的突刺，她用手指輕觸格睽的衣物，硬是點燃鳳凰之火。

「對不起。」她凝視變成細灰的格睽。

殺死另外兩名變成雪怪的獵人後，她覺得自己的胸口彷彿遭到重壓，幾乎喘不過氣，緊握劍柄的指節疼痛不已，她好想拋下長劍，好想放棄，她不想再殺任何一名雪怪了……可是她依然擺出攻擊的架式，準備迎接下一個敵人。

她眨眨眼，赫然發現附近的雪怪不知何時已經全數消失，重壓胸口的那股力道似乎減輕了一點，然而當她看見苑的金屬拱門遭到破壞後，胃袋像是被人重重往下拉扯。不是雪怪被殺光，而是他們全部跑進苑裡。

孟湘轉身。「孟蒔，我們——」妹妹倒臥在血泊畫面映入眼簾，她立即尖叫出聲，揮劍劈向正在吸取孟蒔體溫的宇潁。

對方敏捷退開，神情裡的迷茫如清晨的濃霧般散去。人類的體溫讓宇潁找回自己原本的理智，他凝視抱著自己妹妹痛哭的孟湘，眼裡閃過悔恨與痛楚。

孟湘跪在地上，用盡全力點燃鳳凰之火治療孟蒔的凍傷，火焰的熱度依舊，卻溫暖不了逐漸變得冰冷的遺體。導致孟蒔死亡的真正原因不是凍傷，而是失血過多。

滾燙的淚珠湧出孟湘的眼眶，如果剛才自己能再早一點轉身，也許就能救活孟蒔。結果她害死了爸爸、媽媽、奶奶，現在連孟蒔也保護不了……

她的視線從孟蒔胸口上的傷口移到宇潁蒼白的臉，恨意蒙蔽了她的理智，替她告罄的體力又增添一波新的力量，她的皮膚表面浮現一層明顯的紅光，蒸散了身上的所有汗水，發出「嗤嗤」聲。

宇潁見狀拔腿就跑，跨過被拆解的金屬門殘骸，衝入苑內。

孟湘大步跟在後面，兩眼目光緊鎖在青梅竹馬身上，她通過苑門口的瞬間，腳底下的金屬全部融為液體，凡她經過之處，除了人類，所有的一切皆開始燃燒，雪怪也不例外。沒有任何雪怪膽敢接近她，甚至有雪怪直接放棄到手的獵物先逃跑再說。

原先雪怪佔上風的情況即刻遭到扭轉。

在孟湘的注視之下，宇潁的肩膀開始燃燒，冒出黑煙，即使他不像其他雪怪一樣會化為細灰，依她現在的力量要把他燒成焦屍絕非難事。

燒死你、燒死你、燒死你……

孟湘的腦中只剩下這個念頭，不再殘存任何理智。

火焰在宇潁的肩膀被點燃，很快蔓延到背部，再來是手腳，當他來到書卷庫的雙扇大門前時，頸子以下的部位被火焰包覆，儘管如此他依舊沒有倒下。

「我們雪怪只是希望可以從人類那裡得到溫暖，得到包容而已。」他轉過身面對孟湘，扭曲的臉龐隱沒在火光之中。

孟湘持續朝他走近，書卷庫開始燃燒。

宇潁一瞥門上正逐漸融化成液體的金屬鎖，留下一句「對不起」，轉身衝進一旁的大火。

孟湘把掌心對準逐漸跑遠的背影，打算將鳳凰之力全部注往宇潁身上——

「天哪！妳在搞什麼鬼！」許渺曉突然從後側的教室衝出來，一碰到孟湘的肩膀便抽回手大叫。「好燙！妳這個瘋子，快把這些火焰熄了！妳會燒毀我的畫作！」

孟湘眨眼，彷彿大夢初醒，她一點也不訝異村子都要滅亡了，許渺曉還一心想著自己的畫作。

宇潁的身影已經完全從大火中消失，她改將掌心對準著火的教室，五指緩緩收攏，火焰像是遭到捏熄，徒留灰煙飄散，苑內其它地方的大火也紛紛熄滅。凝睇著緩緩上升的白煙，她的思緒逐漸飄遠……

孟蒔和奶奶都死了，每一個她所愛的人以及白鳳凰都離她而去。

「什麼都沒有了……」她的聲音沙啞，發熱的眼眶再也流不出一滴淚水。

如同乾涸的眼淚，她體內的鳳凰之力不再源源不絕，早已到達極限的肉體總算得以休息。

黑暗襲來，她「咚」一聲倒下，長劍落地。

＊

撞擊的聲音規律重複，彷彿帶著極為強大的耐心。

這令意識剛回到腦中的孟湘一陣焦躁，她感覺到有一股力量正緊緊攫住自己的肩膀不放，逼著她的上半身東搖西晃，彷彿自己是一片懸在細枝的葉子，因風擺盪。

「喂！快醒來，別睡了！」

她渾身使不上力氣，猶如慘遭掏空，連睜開眼睛這種小事對此時的她而言都非常吃力。模糊的視線還未清晰到能分辨出眼前的景物，眼前的人影就不分青紅皂白賞她一個巴掌。

靠！怎麼大家都愛攻擊她的臉啊！

「給我醒過來，妳這個膽小鬼！」

刺痛感加上搧巴掌的強勁力道——孟湘摀著臉眨眨眼，先前的可悲記憶霎時全數回到她的腦中，失去所有珍貴人事物的打擊使她彷如深陷泥沼，無法脫身。她悲從中來，嗚咽出聲。

門板的撞擊聲持續傳來，音量逐漸加大。

「振作點！」許渺曉又賞她一個巴掌。「聽到這個聲音了沒？外面有雪怪想要闖進來！」

然而孟湘只是搖頭，嘴裡唸著：「無所謂，全部都無所謂了……」

「無所謂個頭啦！」許渺曉找來平時裝洗筆水的小筒子，把裡頭乾淨的水潑往孟湘的臉，然後把長劍丟到她腳邊。「就算妳無法一次打贏這麼多雪怪，白鳳凰總行吧，叫他來幫我們。」

孟湘沉默，盯著沾滿褐色血液的長劍。

「你們不會這麼剛好在這個節骨眼上吵架吧？」她翻白眼。

「對。」孟湘抹掉臉上的水，自暴自棄。「反正不管做什麼，我們都死定了。」

人類根本不可能戰勝雪怪，不管他們的動機是不是只想從人類身上得到溫暖和包容，村子都將因他們而毀滅。

「我不會放棄。」許渺曉抓起身邊的畫架當作武器，轉身面對不斷傳來劇烈震動的門板。

「長得醜又怎樣？我好不容易才下定決心要抬頭挺胸好好活著……我不要我的人生就這麼被雪怪毀掉！」

門栓鬆脫、門軸斷裂，緊接著門板應聲倒下，兩名雪怪先後擠進屋內，手腳的動作極度不協調，就算他們突然摔倒也不會讓人感到意外。

許渺曉往前衝，把手中的畫架用力甩向前方那名雪怪的腹部，雪怪因此蹣跚後退撞上同伴，跌在一塊。他們以不協調的姿勢掙扎起身，嘴中爆發尖銳怒吼。

其中一名雪怪很快站起，許渺曉用畫架擋開他伸來的手，另一名雪怪正屈膝準備站起，了無生氣的雙眼緊盯她的小腿。

「喂，別光看，快幫我！」她閉眼尖叫胡亂揮舞畫架。

這一聲聲透出絕望的淒厲叫喊重重撞擊孟湘的內心，三年前那場意外發生的當下，宇潁也像許渺曉一樣哭喊著、乞求著誰來救自己，那時的她沒有能力，只能眼睜睜看著宇潁被抓走，但現在——她絕對不要再重蹈覆轍。

她捏緊拳頭，在雪怪要抓住許渺曉的小腿前打響手指，兩簇火星劃過許渺曉的頭頂上方，分別精準打在兩名雪怪的額頭，他們立刻著火，燒得只剩灰燼。

見自己暫時得救，許渺曉扛著畫架邊哭邊跑到孟湘身後，若換作平時，她鐵定會狠狠嘲笑她是個膽小的愛哭鬼。不，許渺曉比她勇敢多了，她們同樣因為雪怪失去親人，但許渺曉選擇反抗到最後一刻。

雪怪類似金屬撞擊聲的奇異鳴叫從門口灌入，孟湘可以看見滿滿的人影正朝她們所在的教室逼近。該死，這個世界上的人是都變成雪怪了嗎，怎麼殺都殺不完……

「我們必須想辦法離開這裡。」她在門口燃起一道火牆，希望能替她們爭取到一些逃命的時間。依目前的狀況，正對門的大片窗戶是僅存的逃脫出口。

「要逃去哪？」許渺曉吸吸鼻子，聲音顫抖。

「先前存放物資的洞穴。我們必須爬窗出去。」孟湘壓低音量，她不確定屋外那些雪怪到底聽不聽得懂人話。「目前知道不是所有雪怪都有生前的智力，我們只能祈禱外面那些雪怪笨到只會從門衝進來，不會試圖包圍整間教室。」

這個時候一塊著火的木塊穿過門口的火牆飛進來，先是打木桌角，然後掉到地面，桌上的一幅畫遭到點燃。

孟湘咒罵一聲，這批雪怪比她想的還要聰明。

「我的畫！」許渺曉衝過去試圖拍熄火焰，幸好鳳凰之火不會傷人，不然她鐵定已經燒傷。在擺滿木桌木椅以及本身就是由木頭建造成的教室裡，雪怪丟進來的著火木塊迅速引發大火。

「別管那些畫了。」孟湘揪住她的胳膊。「不快點逃，我們會被著火的樑木壓死！」

「放開我，那是我的畫——」

「畫燒了再畫就有，命沒了就什麼都沒了！」

「妳懂什麼，對我來說每一幅畫都是獨一無二，我不可能再畫出另外一幅一模一樣的畫。」

「妳想讓這些畫變成妳的遺作？」

「我……」許渺曉低頭咬住下脣，片刻後她抽出被孟湘抓住的手臂，拾起地上的畫架走向窗。

又一塊著火的木頭穿過火牆飛進來。

「妳先爬出去，我隨後跟上。」孟湘抓起一張木椅點燃，拋出門外回敬雪怪。外頭立刻傳來一陣騷動。

許渺曉點頭，但才一走到窗邊就立刻蹲下，聲音顫抖。「有雪怪從外面往裡面看。」

「那就送他們幾張著火的椅子，再爬出去。不出去，我們就只有死路一條。」孟湘來到她的身邊，拉開窗戶拋出一張著火的木椅，然後又一張。她握住許渺曉替自己撿回來的長劍，一腳踏上窗框。「跟上來。」她往下跳，在雙腳觸地的瞬間點燃鳳凰之火，圍在窗邊的雪怪不是化為細灰，就是退到鳳凰之火燒不到的位置。

這個數量……

懼意令她反胃，她們死定了。

幾秒後，許渺曉以雙膝跪地的方式摔到她旁邊，她忍不住一勾嘴角，緊縮的胃袋稍微獲得緩解。

「笑屁啊，痛死了。」許渺曉拍掉手上的沙土，趕緊轉身拉出還放在教室內的畫架。

「真倒楣，偏偏要跟妳死在一起。」

許渺曉看見包圍住她們雪怪的數量先一愣，然後嚥嚥口水，幾乎腿軟。「那、那……是我要、要說……的吧。」

「真希望下輩子能生在沒有雪怪、沒有鳳凰的世界。」孟湘握住許渺曉的畫架，讓鳳凰之火纏繞於上。「我們各殺各的吧，我可不想砍雪怪砍到一半被妳的畫架打中腦袋。」

「我、我我才怕妳的劍術太爛砍到我！」

「哼，自求多福。」孟湘展開攻擊，長劍朝一名雪怪的側身揮去，鳳凰之火點燃他的破衣裳，附近的雪怪馬上退開，看著同伴變成細灰時發出憤怒鳴叫。

她朝前方撲去，一名打算伸手攻擊的雪怪遭到斷掌，接著她轉動手腕，劍刃的軌跡在半途改變，砍掉兩顆雪怪的頭顱。

下一秒，她如狂風般竄進雪怪之間，釋放體內所剩不多的鳳凰之力。

就算要死，也得等她耗盡體內的力量再死。

大片細灰飄向空中，孟湘感覺到臉上的汗水蒸發且口乾舌燥。

後方的許渺曉突然發出驚聲尖叫，她轉頭，看見雪怪抓住許渺曉的手腕。

該死。雖說各殺各的，但她不可能眼睜睜看著許渺曉變成雪怪。

她熄滅劍上的火焰，減少體力支出，同時在許渺曉的腳邊燃起一圈火焰，逼退雪怪。

一隻雪怪在她即將跑到許渺曉身邊的前一刻冒出來，將她撞倒，雖然隔著衣料，孟湘還是感覺到寒意漫進肌膚，滲入骨頭。

她急忙在自己被雪怪碰觸的部位點燃鳳凰之火，疲累感接連襲來，她知道要是不撤掉許渺曉周圍那圈火焰，自己就會先完蛋。

到此為止了。

可惡。嘴唇在牙齒間滲血讓她嚐到一絲腥味，她束手無策看著一隻隻雪怪包圍自己，將死灰般的手伸來，貪婪地想汲取她的體溫。

空氣突然從四面八方湧入，盤旋，風把即將觸碰到孟湘的雪怪全數颳上空中，他們一一落地時發出一聲又一聲的悶響。

「白？白！」孟湘安心得差點啜泣，風托起她，帶她遠離雪怪的魔爪。

白鳳凰的白色背影出現在她的眼前。「妳說的對，我一開始喜歡的人就是妳，假如沒了湘，我絕對不會喜歡妳，而現在湘就在妳的體內。」狂風再一次將視野內的雪怪全數颳上天，吹到苑外，彷彿那一群雪怪只是庭院中討人厭的成堆落葉。他轉身面對她，長髮於身後飄盪。「如果拯救村子是妳的期望，我會照做。」

「謝謝你，不過能先放我下來嗎？我必須先幫許渺曉治療凍傷。」

白鳳凰擺擺手，吹起另一陣風，陷入昏厥的許渺曉立刻被帶到孟湘面前，她收起長劍，抓起許渺曉的手腕——已經出現紅腫、起水泡的凍傷症狀，她趕緊點燃鳳凰之火驅逐滲入肌膚的寒氣，希望不會太遲。

「現在村子的狀況怎麼樣？」

「大多數的人類已經變成雪怪，剩下很少數的人還在逃。」白鳳凰說這些的時候不帶任何悲痛之情，孟湘並不怪他，她正要開口時，白鳳凰又說：「我在找到妳之前，把遇到的人類都送進你們原本要用來避難的洞穴裡。」

「真的？」孟湘兩眼發亮。她熄滅鳳凰之火，許渺曉手腕上的水泡已經消退，這種好轉的跡象代表不用擔心她會變成雪怪。

「我猜湘會希望我這麼做。」白鳳凰移開視線，又偷偷瞄她一眼。

儘管全身虛脫且頭疼欲裂，孟湘仍綻放笑容。「白，帶我去洞穴，只要在洞穴入口燃起鳳凰之火，雪怪就闖不進來，人類可以在裡面撐上好一陣子。」

白鳳凰從腰間解下一個水壺拋給她。「喝了，我們休息一會再去，雪怪絕對闖不進我的風牆。」

她立刻轉開水壺的蓋子，將水灌入口中。

「風牆？」白鳳凰突然伸手撥了撥她凌亂的劉海，她一把握住他的手，柔軟的觸感，不再只是無形的空氣。她驚呼：「你能離開鳳凰池了？」

他俊美的臉龐勾起微笑。「這一刻我等了千年。」

她也回以微笑，遞出半滴水不剩的水壺，擦擦嘴角。「我們現在可以去洞穴了？」

白鳳凰的神情突然變得嚴肅，她順著他的視線望去，不久前被風吹到苑外的雪怪再度湧來，逐漸聚攏到他們下方，仰頭對他們發出怒吼。

「我少說也救了二十幾名人類，可以說是在大批雪怪面前把那些人類送進洞穴裡，但是雪怪卻無視他們，不斷湧向妳所在的地方。」

「很正常，我死了，就只剩下砍頭能置他們於死地。他們輕輕鬆鬆就能佔領村子，殺光其餘的人類。」她注意到白鳳凰袖子底下的手指收緊，她握住他的手，擔心地問：「怎麼了？」

「他們想要殺妳，我的風卻只能阻擋他們或將他們吹走。」

「等我的體力恢復，我的火加上你的風，我們可以一口氣將雪怪全部燒死。」她捏捏他的手。

白鳳凰瞪著下方的雪怪點頭，神情充滿不甘。

「我們去洞穴吧。」

*

從苑的圍牆上方飛過時，大批雪怪依舊緊跟在他們下面，孟湘由高處觀察雪怪，她認得某些雪怪，他們在不久前還是普通的人類，而另外有些雪怪的衣服款式明顯年代久遠，也有少數雪怪的姿勢明顯較為流暢——像個正常人。

她忽然想起宇潁曾經說過人變成雪怪後會慢慢找回記憶，假設他沒有騙她，就算能找回記憶的雪怪只佔極少數，經過上百上千年，肯定也累積了不少已經找回記憶的雪怪，可是為什麼他們到現在才想到要入侵村子？

以金屬架通過燃燒著鳳凰之火溝渠的方法並不難想到，也許原因出在鍛造？但她還是不認為鍛造金屬架需要花到上百至上千年的時間，難道除了人類的體溫，村子裡有其它雪怪想要的東西？

一根手指突然壓上她的眉間。「在想什麼？」

孟湘抬眼，驚覺白鳳凰的臉距離自己有多近，她漲紅臉，伸手想推開他。

「幹嘛不說話？有事瞞著我？」

「沒、沒有啦，我只是在想雪怪真正想要的東西到底是什麼。」

他瞇起眼睛。「這有什麼好想的？不就是想從你們人類身上得到體溫，不過雪怪也真蠢，與其想著怎麼獲得人類體溫，還不如思考怎麼重新變回人類比較實際。」

「就是這個！雪怪入侵村子真正的目的不是要使人類滅亡，他們要的是炎玉。」她終於明白宇潁先前為什麼總是有意無意向她打聽炎玉的事。

「不能讓他們拿到炎玉！」白鳳凰突然抓住她的肩膀大吼。

「為什麼？如果炎玉真的能讓雪怪變回人類——」

「因為妳會死！妳可以說是炎玉的一部份，一旦炎玉的力量被釋放，妳就會跟著死去！」

孟湘一愣，原來傳說是真的。

一塊石頭擦過孟湘的頭髮，接著有愈來愈多的石頭被擲向空中。見狀，白鳳凰立刻在下方颳起一陣旋風，遠比剛才的陣風威力再強上許多，雪怪再度紛紛被捲上天，拋出苑外。

「這群死纏爛打的臭蟲。」他啐道，折回苑內，孟湘和許渺曉也被風帶在他身邊。

苑內呈現一片焦黑，空氣中瀰漫煙味，明明是不久前才發生的事情，她卻覺得恍如隔世。宇潁殺死孟蒔，她為了殺青梅竹馬，鳳凰之火幾乎燒毀整個苑，緊接著她和許渺曉經歷生死交關——這讓她連為孟蒔的死好好難過的時間都沒有。

她注意到有不少雪怪聚集在一棟燒得只剩下黑色殘骸的建築，這裡是書卷庫所在的位置，宇潁也在其中，正徒手搬開焦木，殘骸的下方發出明亮的橘紅色光芒。不少雪怪看見後馬上湊過來幫忙。

書卷庫所保存的珍貴史料在一夕之間摧毀殆盡。

孟湘咬住臉頰內側的肌肉以免自己咒罵出聲，宇潁就是一切該死悲劇的罪魁禍首，即使這並非他的本意。

不能讓他拿到炎玉，絕對不能讓他得逞，但……其他人是無辜的，只要讓宇潁拿到炎玉且犧牲她的一條性命，不僅能救回變成雪怪的村民，整座村子也會因此得救。

可是好可怕，死亡好可怕，還有她為什麼非得為了救村子付出自己的性命？她捏著自己發抖的手臂，忽然想起奶奶和孟蒔都為了村子奉獻出自己的性命。她是鳳凰神女，她也想要成為能讓爸爸、媽媽和奶奶都引以為傲的鳳凰神女。

她——她不想苟活！

「白！」她朝白鳳凰大喊。

狂風颳走遭大火焚毀的木頭殘骸，同時也將閃耀橘紅色光芒的炎玉帶到空中，飄到白鳳凰的手心，他將約莫拇指兩倍大的炎玉以五指包覆。「我知道妳想說什麼。就算這個村子因為犧牲妳而得救，我也會親手將它摧毀。」
孟湘發火：「我是鳳凰神女，我有義務守護這個村子，我不能眼睜睜看它毀滅！」
他勾起冷笑：「就我所知的妳，可是打從心底憎恨鳳凰神女這個身份，什麼時候變得如此盡忠職守？」
「你不要這麼不可理喻！把炎玉給我，那原本就是孟家的東西，我想給誰就給誰，與你無關。」
白鳳凰的眼底閃過受傷的情緒，但她對此視而不見。「放開我。」她在空中揮舞四肢，想按照自己的想法移動位置，但只是徒勞。
「妳想要炎玉就自己來搶——」
箭羽破空之聲倏然而至，箭矢刺進白鳳凰的掌心，卡入掌骨，炎玉因此脫離他的抓握直直往下墜落。
孟湘驚呼：「白，小心！」
白鳳凰打算颳起另一陣風撈起炎玉時，又有三支箭矢接連呼嘯而來，他一揮左手吹落箭矢，氣得咆哮，強勁的旋風捲走宇潁手中的弓箭，接著將他以倒吊的方式吹上空中。
這時孟湘才清楚看見宇潁的身上滿是焦痕燙傷——他殺了孟蒔，這是她逼他付出的部份代價，其餘代價她會要他用命償還。他的右手緊捏某樣物品，手指間發出嗤嗤聲以及刺鼻焦味。
炎玉在他手裡。
白鳳凰也注意到了，他拔出插進掌心的箭矢，一瞬間流了不少血，但傷口很快癒合。他轉身抽出掛於孟湘腰間的長劍，讓劍尖貼於宇潁的咽喉。
「把炎玉給我。」

儘管對白鳳凰很抱歉，孟湘還是開始祈禱宇穎能順利釋放炎玉的力量。她希望奶奶所愛的村子能獲救。

「你就是白鳳凰啊，鳳凰神主心心念念的家伙。」宇穎被迫維持倒吊之姿，他咧嘴，牙齒因焦黑的臉龐而顯得突兀。「雖然是我自己心甘情願被利用，但一想到祂是為了救你這種自私自利的混帳，就覺得非常不爽。」

「救我？」白鳳凰鄙夷一笑。「聽不懂你在說什麼鬼話。」

「不懂也好。想要炎玉，就砍斷我的手指，不然我是絕對不會鬆手。」

「你以為我不敢？」白鳳凰以雙手舉劍，橫向劈往宇穎的手腕。

孟湘不禁尖叫，卻又無法控制自己閉眼，她驚訝地發現宇穎正在笑，眼中毫無畏懼。

劍刃砍斷手腕之際，他彎曲手肘，因此劍刃砍進他緊捏的拳頭，連帶擊碎裡頭炎玉。他的視線越過白鳳凰的肩膀，對上孟湘充滿訝異的眼睛，無聲開口——

下一秒橘紅色的光芒噴發，宇穎、白鳳凰、許渺曉以及周遭的景物瞬間遭到亮光吞噬，孟湘的喉嚨一哽，閉上眼，感覺全身上下盈滿力量、每一吋肌膚都被溫暖包覆，然後力量和暖意開始流逝，速度不快，但彷彿被另一股無形的力量抽離——這是錯覺吧？

不知道過了多久，她鼓起勇氣睜眼，發現白鳳凰正擁著自己，神情擔憂。他們已經回到地上。

「感覺怎麼樣？」

「有點冷。」她不禁露出安心的笑容。「我還活著。那個跟你說炎玉的力量釋放後我會死的傢伙真欠扁。」

「祂是該死。」白鳳凰將自己的額頭貼上她的額頭，擁著她的雙臂加重力道。「不過真是太好了。」

是啊，真是太好了。這個念頭剛過，孟湘猛然意識到他的嘴唇離自己的臉頰有多近，他的鼻息甚至拂過她的眼皮，她頓時心跳加速，以手推他，拉開與他之間的距離。

白鳳凰一臉不悅。「又想從我手中逃走？」

「才、才沒有！」她用手搧搧臉頰。「只是有點熱，哈哈……」

她看了看四周，躺著為數不少的白骨，白骨身上幾乎全是樣式久遠的服裝，另外也有不少人們坐在地上發愣，或是驚恐地東張西望。看來變回人類的雪怪全部恢復到本身該有的年齡，不屬於這個時代的人類瞬間老死化作白骨，終於能從漫長的詛咒中得到解脫。

「我們成功了。」她喃喃，不禁喜極而泣。這時，又有一點暖意從她的身上抽離。恐懼悄悄爬上她的背脊，是錯覺，她告訴自己。

許渺曉仍昏睡在一旁，相信只要休息一段時間後就會自動清醒。

她忽然想起自己的青梅竹馬，因此東張西望。宇潁呢？他在哪？她發過誓要殺了他，但她真的下得了手？

「他死了，變成灰。」白鳳凰突然說，比著地上一套破爛且有不少燒焦痕跡的衣服。宇潁的衣服。

「誰死了？」她的聲音顫抖。

「妳不是正在找那名叫作宇潁的人類？他死了。有某股力量吸收了他至今為止接觸到的鳳凰之火，所以他才沒有化為細灰，但不曉得什麼原因，現在他變成灰了。」

孟湘忽然發現自己一個字都說不出來，宇潁死了，他死了，她應該要高興才對，眼淚卻模糊了她的視線。

她蹲下，拾起他的衣物。

對不起。炎玉碎掉的當下，他用嘴型對她說了這三個字。

對不起。但說這三個字有何用處？

她緊抱他僅存的衣物，淚水滾落臉龐。她恨他，卻又無法真的恨他。

我們雪怪只是希望可以從人類那裡得到溫暖，得到包容而已。宇潁曾經這麼說過。他讓雪怪毀了村子，同時也救了人類。而真正該說對不起的人其實是孟湘，是她害他變成雪怪。

「奶奶和孟蒔的死不完全是你的錯，我也有錯。我原諒你，宇潁，你拯救了人類，假如沒有你，我們大概永遠不會曉得雪怪憎恨我們的真正原因……」

「孟湘！」頭髮及肩的女孩朝她揮手跑來，沾有灰燼的臉上掛著大大的笑容。「一切都沒事了。」

「是啊。」孟湘吸吸鼻子，報以微笑。

不過當注意到她懷中的衣物時，陳桂榆斂起笑容。「那是……」

「宇潁的衣服。」

陳桂榆一頓，但沒有把自己的驚訝表現得太明顯。「我還是無法相信他真的是雪怪。」

「我也是。」孟湘勉強一笑。

「那……這位是？」

白鳳凰以不帶善意的眼神睨陳桂榆一眼，在身體周圍吹起旋風，風止時，他已消失無蹤。

「該不會是白鳳凰吧？」陳桂榆的驚呼聲引來附近村民的目光。

黃薇嬅的男朋友湊巧就在附近，他立刻衝來，掄起拳頭就揍往孟湘的臉。

「你幹什麼！」陳桂榆一邊尖叫一邊拉住黃薇嬅男朋友的手。不少還能走動的村民開始湊過來圍觀。

他冷笑，用力把陳桂榆推倒在地。「這女人和白鳳凰聯手害死了老子的女朋友，阻饒宇顥取得能把我們變回人類的炎玉，甚至謊報雪怪入侵村子的時間，還幾乎燒毀整座村莊，老子今天非打死她不可。」

孟湘舉起手臂試圖抵擋即將招呼上來的拳頭，她打了一個哆嗦，不只體溫，連自己的力氣也被某股力量抽走。

白鳳凰再度出現，稜角分明的俊美臉龐染上一層慍怒，他握住黃薇嬅男朋友的手臂攔下了拳頭。「人類，你活膩了？」

「白，別出手。」孟湘出口制止。

「白鳳凰出現了！」圍觀群眾中有人尖叫。

「真的是白鳳凰，大家快逃！」

「你們甘願讓這個怪物和自稱鳳凰神女的妖女繼續胡作非為？」黃薇嬅的男朋友吼道，並抽回被白鳳凰握住的手，儘管聲音發顫依然沒有停止發話。「雪怪已經徹底消失，只要在這裡殺了白鳳凰，往後就沒有誰能再威脅到村子。你們難道不想過上安穩的生活？」

「我想過上安穩的日子。」一名村民握著燒焦的木板來到黃薇嬅男朋友的身後。

接著，第二名、第三名……最後所有的村民都聚集到他的身邊。

孟湘捏緊拳頭，強壓滿腔的怒火以及滿腹委屈。她怎麼會忘了？忘記村民們其實憎恨著孟家，憎恨著身為鳳凰神女的她，也憎恨著白鳳凰。

狩獵隊伍和村民先前會聽從她的指令是因為被雪怪逼到絕境，現在雪怪已經消失，那她這個鳳凰神女還有什麼存在的理由？

「呸呸呸！」陳桂榆在孟湘面前挺身。「為了保護村子，孟湘可是做出很多努力，你們怎麼可——」

「夠了，閉嘴。」孟湘突然從後方靠近好友，把長劍架在好友的頸子前。「對，是我害死黃薇嬅，是我讓雪怪進入村子，陳桂榆妳也真蠢，竟然會相信我。」

「孟湘，妳別亂說，妳不是這種人。」

「不然我是哪種人？」她朝村民揚起殘忍的笑，拿開好友頸子前的長劍，把好友推得踉蹌跌倒。「白，我們走吧，沒必要繼續待在這個破爛村子。」

白鳳凰來到她身邊，輕捏她的肩膀，以溫和的風將她帶上天空。

諸多憎惡的視線目送他倆離去，她沒閃避，選擇承受這些目光，然後她注意到許渺曉也在人群之中——已經清醒，神情滿是愧疚。

大概是想起自己曾經向白鳳凰許下殺死黃薇嬅的願望。

＊

白鳳凰把孟湘放在村外的一棵樹下，任由她抱膝狠狠痛哭。

她為了奶奶和孟蒔、宇潁的死痛哭，為了村民不信任她而哭泣，更為了自己永遠無法成為一位稱職的鳳凰神女而悲傷流淚。莫名的寒意讓她用雙臂環抱自己。

「那些垃圾根本不值得妳為他們流淚。」白鳳凰蹲在她面前，輕摸她的頭，他忽然一頓，緊捏她的肩膀。「妳有沒有哪裡不舒服？」

「只是有點冷，不對……是很冷。」孟湘虛弱一笑，凍得發紫的嘴唇彎起。「白，我要死了對不對？你說過炎玉碎掉我就會死，我感覺得到體內的力量一直被抽走……我嗚嗚……」

「別哭，我知道救妳的辦法，先睡一會，醒來就沒事了。」白鳳凰以溫暖的風纏繞於她的身軀，希望能減緩她體內鳳凰之力的逸散。

她捏住他的衣袖，闔眼。「謝謝你，白。」

但她知道，白鳳凰根本救不了她。

*

當孟湘再度睜眼時，白鳳凰並不在身邊，驚慌勒住她的咽喉。她只剩下他了。

她搖晃起身，直覺跑向村子，她從木樁斷裂的缺口通過，腳跨過溝渠的瞬間感受到狂風籠罩整座村子。

白鳳凰飄浮於村子上空，威力不同以往的強風肆虐村莊，苑外少數完好的房子屋頂慘遭撕裂，破碎的木板殘骸四散，道路也因此被連根拔起的樹木阻塞。

「白！」她嘶吼。

蔚藍的天空遭到各式各樣東西的殘骸籠罩，遠看猶如密密麻麻的黑點，構築成一個讓人畏懼的黑色龍捲風且緩緩下移。村民們驚慌的尖叫聲隱沒在陰風怒號之中，孟湘甚至看見有人影被捲入龍捲風裡。

只要龍捲風撞上路面，整座村莊就會在一夕之間完蛋。

「白，求求你住手……」

白鳳凰注意到她，來到她面前。「妳來這裡做什麼？」

「不要毀掉村子。」她哀求。

「為了救這些垃圾，妳就快死——」他住嘴，別過頭。

她拉住他的衣袍。「殺了他們，我還是會死。」

白鳳凰嘶聲咆哮：「妳要我什麼都不做，眼睜睜看妳死？我辦不到，我要殺了他們！」他抽回衣袍飛上空中。

淚水模糊了孟湘的視野，好不容易才從雪怪手中救回村子，她不能眼睜睜看著奶奶所愛的村子步入毀滅。她嘗試凝聚鳳凰之力，發現自己猶如一口即將乾涸的水井，鳳凰之力依舊不斷從體內流失。

她咬牙，不能讓白鳳凰毀掉村子，可是該怎麼辦……她忽然想起宇穎殺死孟蒔後，自己一心只想殺掉他的那個當下。

那時，她不僅消耗生命作為燃起鳳凰之火的燃料——她回想當時的感受，讓體內所有鳳凰之力在她的血管裡流竄、咆哮、燃燒，滿身的疲憊與寒冷忽然被驅散，令她的大腦變得清醒、鮮活，此時此刻的她感覺自己所向披靡，什麼事都能辦到，同時她也明白自己是在玩火自焚。

反正她遲早會死。

牙一咬，她把鳳凰之力與體內的火焰引至掌心，豔紅的火光乍現，熱浪以此為中心朝四面八方瘋狂擴散。她把耗盡一切凝聚出來的巨大火球往上拋，與白鳳凰打算用來毀滅村子的龍捲風相撞，強大的氣流夾帶著許多物體粉碎後的銳利殘片，絕望且致命。

孟湘在混亂的視野中看見白鳳凰正對著她所在的方向大吼，眼神慌亂瘋狂，在他的雙眼底下藏著早已被她察覺卻被她刻意忽略的脆弱。

她很幸運，有愛她的家人和朋友，還有一個相互傷害，但最終選擇放下仇恨的雙胞胎妹妹，然而白鳳凰不止沒有父母、沒有手足、沒有朋友，自小還遭到鳳凰族的仇視以及人類的利用，好不容易遇見願意接納他的湘，結果……

孟湘難過嗚咽，她竟然奪走他唯一的心靈支柱。

在她最痛苦、無助的時候，白鳳凰總是不吝於提供幫助，替她墜入深淵的心靈帶來救贖，可是她卻親手將他推入火坑，他明明同樣需要被拯救啊。

白丹，對不起，要是我不是一個稱職的好姊姊……要是我沒有因為孟蒔否定自己、否定湘，你就不會這麼痛苦了。

對不起，都是我的錯。對不起，我選擇了村子。

如果我能活下去，繼續陪在你身邊就好了。

但其他人是無辜的，所以拜託你，白丹，放過這座村子，也放過你自己。

孟湘闔眼，在內心拚命地祈求。在強大氣流的襲捲下，她像是慘遭人猛踹，單薄的身子在狂風中翻來覆去，風中的碎片在她的身上劃下大小深淺不一的傷痕。

火焰與龍捲風在空中相碰之後沒多久，兩股力量無預警爆炸開來，孟湘還來不及看見爆炸停止，就先因為肉體燃盡而死。

＊

當火焰與龍捲風兩者相撞產生的爆炸平息後，大半個村子漫沙飛舞，建築、樹木、石牆全部被夷為平地。

白鳳凰望著底下孟湘的焦屍，內心出乎意料的平靜。他高舉單手，打算重新召喚龍捲風，他評估著鳳曦村的面積大小，決定靠這一擊澈底摧毀村子，作為孟湘的陪葬禮。

突然間，地面上某根白色物體引起他的注意，剛凝聚的風之力隨著他注意力的轉移而消散。微弱的力量從那個物體散發而出，敲擊他的內心深處，那是他強迫孟湘收下的手環。

「人類，真是脆弱。」他輕笑，自己怎麼會喜歡上脆弱如螻蟻的人類？他注視手環上的雪白羽毛緊貼孟湘焦黑的皮膚，那是他的命羽，曾經所付出的愛，如今沒了主人的命羽已經失去其價值，也沒了意義。

命羽，是鳳凰特別注入自己力量的羽毛，只會託付給將與自己共同度過一生的對象。

白鳳凰降落到地面，扯下屍體上的命羽，內心猝不及防地感到茫然，他再一次意識到湘消失了，那個從不畏懼他，願意接納他這個不祥之物的人類永遠不會再出現了。

不只是他的湘，連那個膽小、愛哭、什麼事情都做不好的孟湘也是，他真的只剩下自己一個了。他飛到鳳凰池原本所在的地方，沒有水、沒有鐵絲網，甚至連個窟窿也沒有，那個充滿負面回憶、關了他千年之久的牢籠已然消失。他彎起唇角，卻笑不出來，只嚐到滿滿的苦澀。

一張美麗的笑顏浮現於他的腦海裡。

「孟湘……」

當第二個字離開舌頭的同時，一顆圓潤飽滿的淚珠由他的眼角落下，沒入沙土之中。懊悔、悲傷、思念、愛慕……通通融進一顆又一顆晶瑩的淚珠裡，然而不論他流再多淚，淚水仍舊無法在遍野的沙土上留下一絲痕跡。

因為風一吹，遭濡濕的沙土不是被風颳走，就是遭別處吹來的沙土覆蓋。

他忽然覺得自己彷彿回到被關進鳳凰池的第一天，無依無靠，僅剩絕望相伴。

「我很遺憾。」鳳凰神主以雞身拐步走來，垂喪地蓬著毛。

白鳳凰掐住祂的雞脖子。「是祢搞的鬼吧，把炎玉的事告訴雪怪。祢明知道那名人類是雪怪，還裝作不知情，甚至刻意指責我，因為祢很清楚我會為了氣祢而沒對那名人類下殺手。」

「我說過真正在利用鳳凰神女的是我，保全你和鳳凰族是我的首要之務。」鳳凰神主說：「這麼多年，我一直在等待一名與鳳凰神女非常親近的人類落入雪怪手中，我必須利用他找出炎玉的下落，好讓雪怪消失，因為天神已經答應我，一旦村子獲救，我就能取回自己的力量並且帶你回鳳凰族。」

得知一切全是祂的計謀，白鳳凰已無力怒吼，他放開鳳凰神主，僅淡淡說了一句「我絕不會回鳳凰族」便讓狂風重現於周圍，他要把鳳曦村澈底從這個世界上抹去，也許只要這麼做，他就不會如此痛苦了吧？

總有一天，時間會讓他遺忘湘、遺忘孟湘、遺忘鳳曦村、遺忘鳳凰族……

「白鳳凰，現在收手還來得及。」一道睽違千年之久的聲音由天上傳來。

白鳳凰令風止歇，帶著憤恨的眼神凝視蒼穹。

鳳凰神主仰首，微張鳥嘴，語氣驚訝。「天神……」

「當初是因為北方的冰凍之力持續增長，我才會創造出你，希望藉由你的風之力振興鳳凰族的火之力。」天神對白鳳凰溫和說：「或許從最一開始我就不該選定任何一條人類血脈接受鳳凰之力，並命令他們協助鳳凰族。我們都犯了錯，對你們的懲罰也足夠了。聽好，鳳炎。」

一聽見自己的名字，鳳凰神主恭敬低頭。

「三日後，我將會將屬於祢的力量返還，回去祢的同伴身邊，好好帶領鳳凰族。」

「是。」鳳凰神主說。

「至於你，白鳳凰，我曾經答應過你，只要你能為人類哭泣，我就會實現你的一個願望，現在是兌現承諾的時候，說吧，你真正的願望是什麼？」

尾聲

一年後。

寧靜的早晨傳來清脆的鐘聲。

跪在祭祀台前的孟湘呼出一串又深又長的氣，把壓在屁股底下的兩條腿往前伸，雙手往兩旁舉直，伸了一個大大的懶腰。

「終於結束了！」

即使雪怪已經因為炎玉破碎而消失，她依然沒有怠慢每天的淨心儀式和操控鳳凰之火的練習。畢竟雪怪曾經從無到有，也許未來的某一天可能會再度出現也說不定。

拉開祭拜堂的門，一棵綠葉茂密的鳳凰木映入眼簾，一簇簇豔紅的花朵盛開，儼然熊熊燃燒的火焰，展現蓬勃的生機。

她露出笑容，晨風徐徐撫來，帶給她一種難以言喻的安心感。關上拉門前，她瞥了一眼祭祀台上的蠟燭——僅剩一根燃著明亮的橘黃色火光，彷彿蘊藏著無限的生命力。

「在發呆？」

她轉過頭，面對眼前的不速之客。「我以前都不曉得妳這麼愛擅闖別人家。」

「拜託，我很挑的好嗎？除了妳家，別人家我才不屑闖。」陳桂榆走來，把手裡提著的小袋子伸向前。「喏，肉包，宇潁的母親剛做好的。」

「一起吃？」孟湘接過袋子。

「不了，我剛吃飽。」陳桂榆抬頭，凝睇面前的火樹紅花，緩緩說：「我以前從來不曉得鳳凰木開花原來這麼美。」

「我也是……」

不知道為什麼每次看見這些豔紅的花朵，總會讓她想起咕嚕，那隻短暫闖進她的生活，沒多久又失蹤的野雞，以及另外一位——

她用食指與拇指摩娑著左手環上的雪白羽毛，難以遏止心中滿溢出來的情感。好想你，白，真的好想好想你。

「噢，對了。」陳桂榆的聲音把她飄遠的思緒拉回。「下午記得要來參觀許渺曉的畫展，為了鳳曦村頭一次的展覽，她可是費盡苦心，所以一定要來，知道嗎？先這樣，我還得去幫忙布置場地。」

「知道了，晚點見。」孟湘向好友揮揮手。

一年的時間不長不短，卻有很多事情都在漸漸變化之中，當時村子近乎全毀，幸虧有事先藏於洞穴內的那些物資，村民們才得以繼續生活下去。如今村子依然在重建當中，雖然目前的人數不到以前的十分之一，但她深信在未來的某一天，村子將會比過去的任何一刻都來得繁榮。

不過有一件事一直令她百思不得其解，包括她自己在內，所有村民都不記得雪怪變回人類後發生什麼事，村民們對她也不再帶有敵意。也許白丹會知道答案吧，可惜……

「很多事情都不一樣了呢，白。」她對著空氣自言自語。然而她對他的記憶卻停留在一年前鳳曦村即將毀滅的那一天。「我知道你一直在看著我，不過你究竟要到什麼時候才願意見我？」

沒有答案。這一整年來都是如此。

嘆了一口氣，她關上祭拜堂的拉門，走進屋內。她的家，在經歷一年前毀滅性的災難後，是唯一一棟沒有被澈底摧毀的房子。

一縷清風在關上門的剎那吹進屋裡，把她披散於雙肩的長髮颳得亂飛，她嚇一跳，情緒一陣激動。「白，是你嗎？白？」

一封信由上方緩緩飄下，孟湘小心翼翼地接住它。苦等一年，他總算有了回應。她滿心歡喜地將皺掉的信紙攤開，裡頭的字跡卻出乎她的意料。

是孟蒔寫的。

光第一行字，就令她的心臟猛然抽痛。

致我最親愛的姊姊：

我恨妳。

因為爸爸、媽媽和奶奶的死，我才會對妳恨之入骨……我一直是這麼說服自己的。

可是內心的某一處，我知道自己痛恨妳的真正原因是出自於嫉妒，我見不得妳的好，因此每當妳對我釋出善意，在我的眼裡卻只見到滿滿的惡意。

對不起……這些年我狠狠傷害妳，也傷害了奶奶……

奶奶看到我如此對待妳，肯定很難過，我真的很抱歉。

我沒有厚臉皮到奢望只用一封信就能把我對妳做過的所有壞事一筆勾銷，也不希望妳會原諒我的所作所為。我只是想向妳表達我的後悔。

這封信我之所以會委託白鳳凰轉交，是因為我沒有把握自己能活過即將面對的浩劫，但我相信白鳳凰絕對不會食言。

不論讀完這封信後，妳願不願意原諒如此卑劣的我，我只希望妳依然願意叫我一聲「妹妹」，好嗎？姊姊。

懊悔不已的妹妹留

「笨蛋，不管妳對我做過什麼，妳永遠都是我的妹妹啊……」

孟湘讀完信的時候，淚水沾濕了信，暈開了上頭的筆墨。

「哭得真是難看，一點也不像妳。」

朝思暮想的聲音浮上耳際，她猛地回首，白色的身影就站在她觸手可及的地方。淚水立刻失控地流不停。

「白……」她顫巍巍地抓住白鳳凰的衣袖，唯恐對方會再一次消失，她不禁哽咽。「對不起……我、我不是湘……我是孟湘，我——」

「噓。」白鳳凰將修長的手指抵在她的嘴唇上，然後輕輕把她的臉壓靠近自己的胸口，在她的頭髮上落下一吻。「我想通了，妳就是妳，這對我來說已經足夠。」

-正文完-

番外　回憶

孟湘跨坐在鳳凰木傘狀樹冠的基部，後背倚著結實的枝幹，在十幾公尺高的地方打盹。寒冷的北風吹來，鳳凰木上密密麻麻的小葉子紛紛飄落，猶如冬季初雪般。

「喂，還睡啊。」白丹的身影由寒風中浮現，他雙手環胸，冷眼注視正在打盹的孟湘。一開始，她只是微微點頭，漸漸地身體搖晃的幅度愈來愈大，整個人隨時可能從十幾公尺的高處摔落。

鳳凰之力的確是能增強鳳凰神女身體的強韌度，也能加快傷勢的恢復，但從高處摔下難道不會痛嗎？這點令白丹不解，他一度以為孟湘是吃定了自己絕對不會讓她死去，才敢放膽做些自殺式的舉動，然而事實並非他所想的那樣，早在他們第一次面對面望見彼此之前，她就已經在招惹死亡。

「明明是個膽小鬼，竟然這麼不怕死。」白丹喃喃，伸出食指和大拇指朝孟湘的鼻尖一捏，她發出含糊不清的夢囈，揮掉他的手，過程中完全沒有睜開眼睛，彷彿他只是一隻擾人的蒼蠅。

白丹莫名感到惱火，腦中冒出「讓她摔死算了」的念頭，省得他心煩意亂。他搞不明白自己怎麼會和這一代的鳳凰神女扯上關係，而且還是那種永遠剪不斷的孽緣。可是……

她死了，他會很寂寞。

他捏起一撮孟湘垂落胸前的頭髮，輕輕地用食指捲著。他不想再一次體會到**當時**的痛楚。看著她無害的熟睡臉龐，他的怒火化為一聲嘆息。如果可以，他真想搞清楚自己到底是哪根筋不對才會愛上她，同時他也想要好好感謝自己那根出錯的神經。

＊

白丹至今仍不曾忘記過他們第一次的相遇，那一年，孟湘不過是出生剛滿五個年頭的黃毛小鬼，而他，已是個存在了千年之久的惡夢。

人類的惡夢。

那天，他一如往常飄在波光粼粼的水池上方，思索著要用怎樣的方式吸引意志力薄弱的人類前來破壞鐵絲網並許下願望，好讓自己可以早日擺脫這口破池子。突然間，高度足以淹過成年人腰際的草叢中傳出窸窣聲，接著鑽出一個臉圓圓，看似無邪的人類小孩。

白丹勾起邪惡的笑容，降落到小女孩的面前，依他過去的經驗，人類的小孩都是白痴，隨便哄一哄就能騙得幾個願望，換取幾滴眼淚。他颳起強風吹向她，把自己的聲音混進風中。

「人類，許個願望吧，什麼心願都可以哦，代價只需要一滴眼淚。」

小女孩抓住亂飛的頭髮，下一秒突然精準地轉向他所在的方向，白丹一驚，以為對方看見了自己。他並沒有在她的面前現身。

「白鳳凰？你是白鳳凰對吧？」小女孩睜大眼，興奮地又叫又跳，完全沒有正常人該有的害怕模樣，她的手往前一伸，不偏不倚抓住他的衣襬。「可以讓我看看你的樣子嗎？」

見鬼了。白丹扯回衣襬，將小女孩推得倒栽蔥後往上飛，不敢置信這名人類小孩竟然能在看不到的情況下精準捕捉他的位置。為了搞清楚方才究竟是不是巧合，他又降落到地面，繞至小女孩的後方，再一次，小女孩轉身，不過在她準備伸手之前，白丹便趕緊往上飛高。她順著他移動的軌跡抬起頭，視線緊迫盯人。

白丹的心臟鼓譟，嘴角彎起一抹久違的弧度。也許，這個小鬼頭能為他枯燥之味的日子帶來不一樣的樂趣。

「喂，小鬼頭，妳為什麼看得見我？」他瞇起眼睛俯視，愈看愈覺得小女孩非常面熟，然後他露出不懷好意的笑容。「原來是新一任的小小鳳凰神女啊，不過即使妳是鳳凰神女，只要我不現身，妳還是沒有道理能看見我。」

「白鳳凰都像你一樣這麼遲鈍嗎？」小女孩沒頭沒腦冒出一句，眉宇間流露出不屬於她這個年紀該有的自信。

白丹的嘴角一抽，感覺到額頭上的青筋正在跳動。「再笨，也不會比妳笨。」

「誰說的，絕對是我比較聰明，奶奶說我是難得一見的天才。」

「哼，天才？妳活了多久？年數充其量用十根手指頭就能數得出來吧？告訴妳，我這一千多年可不是白活的，妳這臭小鬼再怎麼聰明，知道的事情也不可能比我多。」白丹雙手環胸，高傲地抬著下巴，話一說完，他忽然意識到自己幹嘛要跟一個人類的小鬼頭較真。他的腦子出了問題不成？

「我今年五歲。」小女孩踮起腳尖，似乎正努力想把比出五根手指的手伸到他的面前。「但媽媽說過，不是年紀比較大就會比較聰明，像她就常常唸爸爸只長肥肉，不長腦袋。」

「臭小鬼，口氣很大嘛！說說看啊，妳懂什麼我不知道的事情？」

「你不知道我看得見你的原因，但我知道。」

「妳知不知道妳現在讓我很火大？」白丹降低高度，側彎腰與她水平對視，赫然發現她雖然正看著自己，兩眼的視線卻沒有對準他的眼睛。事有蹊蹺。
小女孩點頭。「我感覺得出來你不高興。」
感覺？不是「看」？白丹恍然大悟。「臭小鬼，耍我啊！妳根本看不見我對不對？」
小女孩完全沒有露出謊言被戳破的慌張神情，聳聳肩說：「你現在正彎腰打量我。」
他咒罵一聲，被小女孩那副游刃有餘的態度徹底惹火，他掐住她的頸子，把她抓離地面。「妳這臭小鬼到底是怎麼一回事？如果不老實招來，信不信我馬上捏碎妳的咽喉。」
「我……叫……孟湘，你……呢？」因為頸子被掐著，小女孩的聲音微弱，但在她的清澈瞳孔裡，白丹看不見人類面臨死亡時應該會見到的恐懼，頭一次，他感到心裡發毛，在胸口竄燒的怒火也隨之熄滅。此時此刻，他只確信一件事，這個小鬼頭根本不怕死，又或者，她是刻意尋死？假設真是如此，他可不會稱她的意。要死，至少也要讓他蒐集到一滴眼淚再死。
「哼，管妳叫什麼名字。許個願望吧，我知道妳一定有很多願望想要實現，這可是千載難逢的機會，每一個願望只需要一滴眼淚哦。」
還來不及聽到小女孩的回答，在雜草叢的另外一端便傳來許多焦急的呼喊。
「孟湘！孟湘……」
「回家了，孟湘！」
「孟湘！妳在哪裡？」
這些呼喊使白丹一陣煩躁，突然沒了替人實現願望的意願，他放下身體騰空的孟湘，語氣不善。
「呵，是個備受關愛的小鬼呢，真幸福，要是被其他人類發現妳出現在這裡鐵定會很困擾吧？趁我改變心意之前快點滾回去！」

「你的心地真好。」孟湘喘口氣後說，貌似一點也不在意自己差點被殺，連摸頸部的動作都沒有。

「啥？我心地好？」白鳳凰幾乎要捧腹大笑，他這個罪大惡極的汙穢之物心地好？這是他千年來聽過最好笑的笑話了。「快滾吧。」他斂下嘴邊不屑的笑容，要是一群大人跑進鳳凰池，他會很困擾。

「你不想知道我看得見你的原因了？」

「不想。」白丹說謊，他會另外再想辦法找出答案。

孟湘突然開始彎腰檢視地面。

「妳在幹什麼？」

「找位子坐。」確認地上沒有奇怪的東西後，她席地而坐。「還有，等你告訴我你的名字。」

「妳就算在這裡待到天荒地老，我也不會告訴妳，一旦有人發現妳曾經來過這裡，哈哈哈——妳就等著成為跟我一樣的汙穢之物，被大家排擠。」他漂亮的眼睛微瞇，裡頭蘊藏著瘋狂。

孟湘抬頭，恰巧望進他散發瘋狂光芒的深邃眼眸。「唔……我看我還是明天再來好了，媽媽說過好孩子不可以讓大人擔心。對了，因為你是白鳳凰，會讓人聯想到白色，所以在等到你願意告訴我名字之前，就先叫你白。」她自顧自地說，露出白皙的牙齒燦爛一笑，接著拍拍屁股起身，指指自己的頭頂又說：「你的頭上有東西。下次，一定要讓我看你的模樣哦。」話說完，她鑽進草叢裡，動作俐落得宛如這裡是自家後院，小小身影瞬間遭到茂盛的草葉淹沒。

白丹的手一摸剛才孟湘所指的位置——在自己雪白色的頭髮上卡著一片樹葉。他垮下臉，捏起葉子把這片暴露他的位置、害他出糗的罪魁禍首碎屍萬段。

*

「不管妳來幾次都一樣，滾回去。」

自從孟湘知道鳳凰池的所在位置後，白丹受到騷擾的日子就不曾停過，他發現自己對這個不怕死的小鬼完全沒轍，也不明白自己為什麼沒有殺了她。

大概是因為覺得看見了同類吧？對這個世界而言，自己和孟湘同樣是屬於「異類」的存在。

孟湘笑瞇瞇說：「白，你看，我的奶奶早上做了一種叫作桂葉餅的食物，軟軟甜甜的很好吃，你要不要？」

白丹飄於孟湘的後上方俯視，她正拿著自己口中所謂的桂葉餅，一個人對著鐵絲網自說自話。她看不見他，自然不曉得說話的對象其實是在自己的後上方。

「我吃風就能活，不需要人類的食物。」

「是喔。」孟湘咬了一大口，吃得津津有味。「可是這樣不是很可惜嗎？因為不需要而放棄了嘗試新事物的機會，媽媽說人應該要多嘗試新的東西。」

「我不是人。」白丹感覺火氣突然湧了上來。「媽媽長，媽媽短的，誰跟妳一樣是小鬼頭還要聽媽媽的話！」

孟湘停下正在咀嚼的嘴，像是明白了什麼似地暗下臉色。「對不起，白，下次我會注意一點不要說錯話。喏，這兩個桂葉餅送給你。」她討好地將裹著桂葉餅的白布放到地面，然後把手中吃到一半的桂葉餅塞進嘴裡。

然而，她的道歉反而使白丹更加惱火，自己的心思被一個人類小鬼看透，讓他有種屈辱感。

「誰要那種人類吃的食物。」

風一颳，白布與兩塊桂葉餅以拋物線的軌跡飛起，越過鐵絲網的時候，一塊卡在鐵絲網上，另外一塊隨白布「噗通」掉進池子裡。白丹得意地目送桂葉餅沉入池子底部，僅剩白布漂在水面，同時在心裡盤算著只要這小鬼一哭，他就直接把她吹走，管她會不會摔成爛泥。但孟湘並沒有哭，也沒有生氣，反倒是漾起天真無邪的笑容，這使白丹不由得內心發毛。

她走向前，從口袋裡拿出一把鑷子，左手抓住布滿倒鉤刺的鐵絲網，右手握著鑷子將鐵絲網扳出一個手臂能伸進去的洞，完成後，鮮血流滿她的左手掌。她收起鑷子，舔了舔左手的傷口，對著沾了血的鐵絲網微笑。

當下，白丹只有一個念頭，這名人類的小鬼不止不正常，根本就是個瘋子。

「沒關係，我知道你不擅長接受人類的好意。你希望有人能跟你許願吧，白？」孟湘邊說邊擠出眼淚，沾在手指上，手伸進鐵絲網的洞中，將淚滴連同血液甩進池子裡，然後說起願望。「我希望被囚禁在這裡的白鳳凰不會再糟蹋我帶來的任何東西。好啦，代價我已經付了，下次你一定要嚐嚐奶奶做的桂葉餅，就這麼說定，掰掰啦。」一縮回手，她滿意一笑，頭也不回鑽進草叢裡離開。

白丹低聲咒罵，這名鳳凰神女真的只有五歲？據他所知五歲的人類小鬼應該是很好欺負、很好哄的白痴才對。孟湘的態度使他渾身不對勁……

他降低自己飄浮的高度，兩腳踩在鐵絲網上，雙臂交疊，內心正為了要不要實現孟湘的願望而猶豫不決，偶然間，他瞥見腳邊卡在鐵絲網上的桂葉餅。這玩意真的有這麼好吃？質疑的同時，他拾起桂葉餅，用手指捏了捏——柔軟又蓬鬆。

可是這樣不是很可惜嗎？因為不需要而放棄了嘗試新事物的機會，媽媽說人應該要多嘗試新的東西。

腦中突然響起孟湘方才說過的話，在一時的衝動下，白丹朝桂葉餅咬一口，外皮的蛋黃香氣率先充滿整個口腔，接著甜而不膩的內餡瞬間擄獲他的味蕾，沒有多做猶豫，他便把剩下的桂葉餅塞進嘴裡。

那小鬼說的對，因為不需要而放棄嘗試新事物的機會真的很可惜。

此時的他還沒有意識到，因為**吃**這個契機，自己竟然開始期待明天的到來。

*

白丹坐在鳳凰池邊，側頭打量孟湘凌亂的頭髮與臉頰上的瘀傷，他依然沒有在她面前現過身，不過稀鬆平常地聊天倒是已成日常。

「妳很清楚自己和其他人類不太一樣。」

「只是比普通人聰明一點而已。」孟湘用下巴抵住膝蓋，隔了一層鐵絲網望著漂亮的鳳凰池。

「一點？這跟妳平常說的『最聰明』可有天壤之別。」

人類是一種很好懂的生物，可是白丹卻不曾搞懂過這名鳳凰神女的小腦袋裡究竟裝了些什麼，也不了解她說的哪些是真心話，哪些是假話，但要判斷她心情好壞，這點能力他還是有的。

——她現在的心情非常不好。

「多出來的那一點就足已讓我成為最聰明了呀。」孟湘側過臉露出她這個年齡的小孩該有的笑容，不過他感覺得出來這抹笑容是裝出來的。

「妳喜歡紅色。」

她的身體一僵，稚氣的笑容瞬間凝結、垮掉。「嗯，紅色很美，可是孟蒔討厭我這一點，大概爸爸、媽媽、奶奶還有宇潁也都不喜歡吧。」

「這有什麼好難過的？」白丹不以為然。「不就是妳喜歡的東西恰巧與他們不一樣罷了。」

「可是孟蒔她、她……的臉流了好多血，我卻……」孟湘紅了眼眶，有點委屈。「雖然他們沒有說，但我知道他們認為這樣的我不正常，孟蒔她甚至會怕我……」

這就是現實。白丹轉向反射著太陽光的鐵絲網，殘忍一笑，亦能感同身受。不管是不是人類，只要多數遇到與自己不同的少數，就會產生害怕、排斥的心理，然後為了保護自己而做出傷害少數的舉動。

「然後呢？」他反問：「跟我說這些是希望我同情妳？假如真的讓妳這麼難受，何不許個願望？我可以幫妳實現，一樣只需要一滴眼淚。」

孟湘把臉轉向白丹所在的方向，說話的聲音暴露了他的位置，她伸手揪住他的衣袖說：「我不會許願，我不希望你傷害他們。」

這次，白丹沒有甩開她的手，內心直竄而起的煩躁令他嘆氣。儘管他們十分相像，都受到多數者的傷害，孟湘和他還是有著決定性的不同——她是愛著那些多數者的；相反地，他對於傷害自己的多數者——鳳凰族只剩滿滿的恨意。

孟湘突然起身。「白，謝謝你聽我說這些。今天我忘記帶奶奶做的桂葉餅來了，下午要不要來我家吃？」

白丹將自己的臉湊往鳳凰神女的臉，細細打量，片刻後露出一抹誰也看不見的詭譎笑容。孟湘仍在等待他的回答。

「好啊。」

聽到回答，她兩眼一亮，高舉雙手跳起。「耶！太棒了，晚點見！」接著一溜煙鑽進草叢之中。

他沒有告訴她，自己的本體根本無法離開這口破池子，在苑之外的地方他就只是一團沒有形體的風罷了。

「該怎麼辦呢？好想讓那個小鬼變得跟我一樣，她應該要跟我一樣……」他優雅起身，走近鐵絲網上被孟湘用鑷子扳出的洞，伸手握住布滿倒鉤刺的鐵絲網，鮮血立刻淌下。「她，太幸福了，幸福的刺眼，嗯……還是毀了得好。」

如此一來，她會只剩下他……

他們會只剩下彼此。冒出這個念頭的當下，白丹臉上的笑容延展到了最大。

*

白鳳凰知道自己絕對跟寬宏大量這個詞扯不上邊，尤其只要一面對人類，他的心眼就會變得格外狹小。就像現在，鳳凰神女好心邀他去自己家作客，他卻因為對方活得太幸福而決定將這份幸福摧毀。

她是人類之中的異類，而他是鳳凰族之中的異類。

她應該跟他一樣，「異類」不該活得如此幸福。

孟家——白丹記得自己已有兩百多年不曾造訪，木屋的外觀上並沒有太大的改變，僅做了一些維護老舊屋頂的修建。庭院裡的那棵鳳凰木依舊了無生氣，光禿的樹枝悲涼地指向天空，彷彿正在控訴鳳凰族將自己狠心遺棄。

嘖，看著就心情不好。白丹忍住想颳風吹斷鳳凰木的衝動，反正待會他就會親手將鳳凰神女的家澈底摧毀。唯有破壞，才能讓他空泛的內心得到暫時的滿足。

他很快找到孟湘所在的房間，裡頭只有她一個人，他飛上敞開的窗戶，此時正在不停走動的孟湘突然轉向窗戶，大叫：「白，你終於來了！」她高高舉起手臂作勢要抓他的腳踝，不過撲了個空。

白丹怔住，不明白她怎麼知道他來了？他下意識摸摸自己的頭髮、臉、身體……沒有任何東西卡在他身上，不對，在這裡他沒有實體，不過是一團風，她……不可能啊……

孟湘似乎已經放棄觸碰他，走到房間中央，一屁股坐到地板上，前方的小矮桌擺著四塊桂葉餅。「白，這四塊都送你，我很慷慨吧，嘿嘿。」

「妳這次怎麼知道我來了？」他沉聲說。

「祕密，如果你讓我看你的長相，我就告訴你。」注意到桂葉餅都沒有移動，她拿起其中一塊。「你不吃的話，那我就吃掉囉。」

長相……

人類往往好奇他的模樣，是啊，眼前的鳳凰神女也是個人類，即便彼此再怎麼相像，他們的本質終究是不一樣的。又來了，這滿腹的煩躁感。白鳳凰咬牙，為什麼不過是區區的人類，面對他卻總能游刃有餘？他憤而轉身，在房間內掀起一陣狂風大肆破壞後，飛出窗外回到鳳凰池。

人類等同於螻蟻，鳳凰神女也是一樣。這些日子他竟然無意識把她當成自己的同類，他按住額頭。「哈……真是瘋了……」

在鳳凰池邊不知道呆坐了多久，爭執的聲音引起白丹的注意，他飛上空中，越過茂密的雜草叢，來到雜草叢與荒廢已久垃圾場的交界處。

孟湘跪倒在地，身上有幾處不久前因為他颱風大肆破壞而造成的傷口，她的懷中緊抱裹著桂葉餅的白布，長長的頭髮遭到一名年紀較為年長的女生捉住，周圍還有兩女一男正在看熱鬧。他們都是苑的學生。

「鳳凰神女很了不起嘛！大家都要十歲後才能進苑，妳卻能自由地來來去去，還跑來這種地方，妳的爸爸、媽媽知道嗎？自己的小孩竟然每天跑去象徵不幸的鳳凰池。」

「白才不是不幸的象徵。」孟湘駁斥。

這段話讓白丹挑眉，她是故意這麼說的吧？她肯定知道他現在正在看著他們，不過想討好他可沒那麼容易。

較為年長的女生更用力拉扯孟湘的頭髮。「大家都知道那個傳說，白鳳凰幾乎毀掉鳳曦村！他是邪惡不幸的象徵！」

「傳說可能經過後人的加油添醋！我們根本不知道當時真正的情況，奶奶跟我說過很多事情要眼見為憑，既然無法眼見為憑，就不應該亂下定論。還有，白雖然嘴巴很壞又高傲自大，而且非常遲鈍，但他一點也不邪惡！我很喜歡他！」

喂喂喂……這小鬼是知道他在旁邊的吧？竟敢當面說他的壞話？不怕死也該有個限度。白丹瞪著孟湘，眉頭緊緊擰在一塊。話說回來，最後那句「喜歡他」……真敢講啊。千年來，從來沒有誰曾經說過喜歡他，大家都對他避之唯恐不及，但想起孟湘天天來找他的舉動，他內心的某一處竟然起了想要相信那番話的衝動。

「少囉嗦！」扯住孟湘頭髮的女生被堵到不知如何辯駁，氣得大吼：「喜歡白鳳凰？妳根本瘋了，妳會害村子毀滅！」她轉頭對在一旁圍觀的三名學生發號司令。「我們把她抓去找老師，讓老師來處罰她！」

那些人立刻上前抓住不停掙扎的孟湘，合力將她扛起，混亂中害得孟湘懷中的桂葉餅掉落地面被亂腳踩扁，她氣得張嘴往一名男生的手臂咬下，見血的傷口勾起孟湘滿意的笑容。

「痛！」那名男生大叫的同時鬆開抓住孟湘的手，結果使得孟湘的後腦杓撞上地面石頭的稜角。

白丹選擇忽視從自己的內心所湧出的奇異感受，幸災樂禍地看著那四名苑的學生落荒而逃，留下後腦杓大量出血的孟湘躺在地上動也不動，眼神逐漸失焦。

「還以為妳很聰明，原來是個無藥可救的笨蛋啊，只要順著他們說我的壞話，妳也不會落得這種下場。」第一次，白丹在人類的面前現身，他從頭到腳一塵不染的白色與全身沾滿沙土的孟湘形成強烈對比，卻沒意識到自己此刻的神情凝重。他修長的手指覆上孟湘的雙眼，將她的眼皮輕輕闔上，突然間他發覺自己難以忽視心中那股渴望把那四名人類碎屍萬段的情緒……

但孟湘的死活干他什麼事？他甩甩頭，想讓腦袋清醒點，依他對人類的了解，腦袋撞出一個洞又不及時處理，很快就會死亡，人類就是這麼沒用和脆弱。他是可以去找別的人類來救她的命，但他沒有理由這麼做。起身的瞬間，白丹感覺到有股細微的力量扯住自己寬大的衣袖。

「終於見到你了，白。」理應陷入昏迷的孟湘側過頭，朝他露齒而笑。

「妳還笑得出來啊，我剛才可是毀了妳的房間。」

「可是你沒有傷害我呀，明天我再帶桂葉餅給你吃。」

沒有？手腳都有他造成的擦傷和挫傷，這樣還叫沒有？白丹先一愣，接著哈哈大笑。「省省吧，小鬼，妳確定妳還能見到明天的太陽？」

「當然，因為我們約定好了，我要請你吃桂葉餅。」孟湘吃痛地扭曲標緻的臉蛋，用手臂撐起身體，卻毫不在意自己在地面留下了一灘暗紅色的血跡。

「妳的生命力比我想像的還要強嘛。」

「嘿嘿，因為我是鳳凰神女呀，這點小傷死不了的。」

白丹皺眉，這段話聽起來怎麼好像她以前受過更嚴重的傷？過去的他只曉得鳳凰神女能使用鳳凰之火，不過依現在的情況來看，鳳凰神女的復原能力似乎比普通人類好上太多太多。看來，小鬼頭會這麼不怕死有很大一部分的原因是這個。

「哼。」想到這，他咧開嘴，然而卻一時無法理解自己此刻湧現的情緒是什麼，因為已經有太久太久他都只活在憎恨與憤怒之中，早已忘記這以外的所有情緒。不過這股陌生的情緒帶給他的感受並不壞，他抱起孟湘，破天荒地把她丟到人類醫者的家門前。

「活下去，妳死了我會很無聊。」留下這段話，白丹化為一陣風，吹向傷害了孟湘的那四名人類所在的方向。

他會讓那四名膽敢動他東西的人類付出該有的代價。

*

回憶至此，白丹得出結論，他大概就是在那時候對孟湘上心的吧？至於何時從在意變成愛情，他就不得而知了。

寒風的威力驀地增強，倚著鳳凰木樹幹睡覺的孟湘因此打了一個哆嗦，似乎忘記自己正身處於高空，竟翻過身，下一秒便從高處墜落。

聽著刺耳的尖叫聲，白丹嘆口氣，吹起強風拖住孟湘急速下墜的身子。

「謝謝啦，白。」

聽到孟湘那絲毫不懂得反省的道謝，他翻出一個大大的白眼，讓她從不高的位置往下掉。

著地後，孟湘毫不優雅地揉著屁股叫疼。「很過份耶！故意摔我的屁股，下次不做桂葉餅給你吃了。」

「妳為什麼常常故意找死？」白丹雙手環胸俯視這個不知天高地厚的鳳凰神女。

她學剛才的白丹也翻出大大的白眼。「誰找死？我只是試著體驗常人無法體驗的新事物而已。現在我要進屋裡睡覺，別來煩我。」

「桂葉餅呢？妳說今天要做給我吃。」

「沒有，去吃空氣吧你！」孟湘對白丹扮鬼臉。「反正你吃風就會飽了嘛，何必再浪費食物？」

「吃」可是在他漫長的生命中的一大樂趣，絕對不能被剝奪！為了自己的口腹之慾，白丹扭曲臉部肌肉堆起笑容，低聲下氣說：「開開玩笑而已，別生氣。」

「道歉、討好我都沒用。」孟湘哼了哼轉過身，走進屋內。

白丹趕緊跟上，絞盡腦汁思考究竟有什麼方法可以讓她消氣，看著孟湘進了房間，縮進棉被裡，他靈光一閃，說：「妳想不想要蓋羽絨被？」

孟湘露出半顆頭，睜開一隻眼睛，疑惑道：「羽絨被？」然後很快又縮回被子裡。「我說過討好我是沒用的。」

白丹走到窗邊，打開窗，寒風立刻灌進房間裡，冷得孟湘在棉被底下發抖。「把窗戶關起來啦！」

白丹不予理會，他用單手一撐窗台，翻到屋外，接著顯現出他真正的姿態——身長將近四公尺的白色大鳥——鳳凰。他颳起風，將孟湘連同棉被整個捲出窗外，然後他張開翅膀，像個鳥媽媽一樣伏蹲，用自己的羽毛覆蓋在孟湘身上。

「好溫暖。」孟湘爬出棉被，將棉被壓在身體底下，享受著白丹——鳥類較高的體溫。

雖然變回原形無法像人類一樣清楚地用表情表現出喜怒哀樂，但他看孟湘的眼神卻顯露出滿滿的寵溺。

「氣消了？」

「還沒。」孟湘背對白丹，抱著他豐滿的羽毛，用臉蹭著。「想要我氣消可沒有那麼容易。」

沒關係，不管需要多久，他都會等。白丹垂下頸子，頭輕靠在孟湘側身，他已經忍不住開始期待能吃到她親手做的桂葉餅了。

後記　鳳凰花開

去年的我離開了學校，踏入社會。

而《白鳳凰》這部作品是我為了不留遺憾，在畢業前花了兩個多月拚命完成的一部作品，單論時間對我而言已是一大突破。

在它完成之時，校園裡的鳳凰木齊開花，也象徵著我的人生正式揮別了校園生活，邁向下一個階段，因此在我的心目中意義非凡。

故事中主要角色們的內心都有一道畏懼的陰影，或者需要克服的傷痛，其中我最想表達的是——不要活在他人的眼裡，要勇敢做自己。透過孟湘和許渺曉這兩個人物，希望我有順利將這個想法傳達給你們。

謝謝這部作品在網路上連載的時候，願意留言給我打氣的讀者們。然後，在此我要特別點名染舞善狐，謝謝妳耐心看完整個故事後還特別分享了心得給我，真的讓我超級感動（噴淚）。

謝謝出版社、編輯願意提供我這個寶貴的出版機會，讓我的故事能讓更多人看見。

謝謝繪師茉淅說喜歡這個故事的主角白鳳凰，並且願意接受委託。

最後，也謝謝自己在卡稿、自我厭惡的時候沒有放棄這部作品。

二〇一八　紫紋

釀奇幻18　PG2031

白鳳凰

作　　者　紫　紋
責任編輯　林昕平
圖文排版　周妤靜
封面繪圖　茉　淅
封面完稿　楊廣榕

出版策劃　釀出版
製作發行　秀威資訊科技股份有限公司
114 台北市內湖區瑞光路76巷65號1樓
電話：+886-2-2796-3638　傳真：+886-2-2796-1377
服務信箱：service@showwe.com.tw
http://www.showwe.com.tw
郵政劃撥　19563868　戶名：秀威資訊科技股份有限公司
展售門市　國家書店【松江門市】
104 台北市中山區松江路209號1樓
電話：+886-2-2518-0207　傳真：+886-2-2518-0778
網路訂購　秀威網路書店：http://store.showwe.tw
國家網路書店：http://www.govbooks.com.tw
法律顧問　毛國樑　律師
總 經 銷　聯合發行股份有限公司
231新北市新店區寶橋路235巷6弄6號4F
電話：+886-2-2917-8022　傳真：+886-2-2915-6275

出版日期　2018年8月　BOD一版
定　　價　300元

Printed in Taiwan

國家圖書館出版品預行編目

白鳳凰 / 紫紋著. -- 一版. -- 臺北市 : 釀出版,
2018.08
面； 公分. -- (釀奇幻 ; 18)
BOD版
ISBN 978-986-445-267-5(平裝)

857.7 107011634

讀者回函卡

感謝您購買本書，為提升服務品質，請填妥以下資料，將讀者回函卡直接寄回或傳真本公司，收到您的寶貴意見後，我們會收藏記錄及檢討，謝謝！如您需要了解本公司最新出版書目、購書優惠或企劃活動，歡迎您上網查詢或下載相關資料：http:// www.showwe.com.tw

您購買的書名：＿＿＿＿＿＿＿＿＿＿＿＿＿＿＿＿＿＿＿＿

出生日期：＿＿＿＿年＿＿＿＿月＿＿＿＿日

學歷：□高中（含）以下　□大專　□研究所（含）以上

職業：□製造業　□金融業　□資訊業　□軍警　□傳播業　□自由業

□服務業　□公務員　□教職　□學生　□家管　□其它＿＿＿

購書地點：□網路書店　□實體書店　□書展　□郵購　□贈閱　□其他

您從何得知本書的消息？

□網路書店　□實體書店　□網路搜尋　□電子報　□書訊　□雜誌

□傳播媒體　□親友推薦　□網站推薦　□部落格　□其他＿＿＿＿＿

您對本書的評價：（請填代號　1.非常滿意　2.滿意　3.尚可　4.再改進）

封面設計＿＿　版面編排＿＿　內容＿＿　文／譯筆＿＿　價格＿＿

讀完書後您覺得：

□很有收穫　□有收穫　□收穫不多　□沒收穫

對我們的建議：＿＿＿＿＿＿＿＿＿＿＿＿＿＿＿＿＿＿＿＿

＿＿＿＿＿＿＿＿＿＿＿＿＿＿＿＿＿＿＿＿＿＿＿＿＿＿

＿＿＿＿＿＿＿＿＿＿＿＿＿＿＿＿＿＿＿＿＿＿＿＿＿＿

＿＿＿＿＿＿＿＿＿＿＿＿＿＿＿＿＿＿＿＿＿＿＿＿＿＿

請貼
郵票

11466
台北市內湖區瑞光路 76 巷 65 號 1 樓
秀威資訊科技股份有限公司 收
BOD 數位出版事業部

（請沿線對折寄回，謝謝！）

姓　　名：＿＿＿＿＿＿＿＿　年齡：＿＿＿＿　性別：□女　□男

郵遞區號：□□□□□

地　　址：＿＿＿＿＿＿＿＿＿＿＿＿＿＿＿＿＿＿＿＿

聯絡電話：（日）＿＿＿＿＿＿＿＿＿＿（夜）＿＿＿＿＿＿＿＿＿＿

E-mail：＿＿＿＿＿＿＿＿＿＿＿＿＿＿＿＿＿＿＿＿